GLACE NOIRE

Roman

Jean Bergeron

Pour Charles-Antoine
Bonne chasse... aux mots!

Dec 06.

ISBN 2-923481-01-1

Dépôt légal—1er trimestre 2006
Bibliothèque nationale du Québec
Bibliothèque nationale du Canada

Illustrations : Gisèle Pellerin
Photographie : **Galina Tomov**
Infographie : Aigle moqueur
Conception de la page couverture : Jacques Chauvette

Aigle moqueur éditeur
228, rue De la Lande
Rosemère, Québec
J7A 4J1

Téléphone : 450.965.6624
Télécopieur : 450.965.8839
www.aiglemoqueur.com
ame@tam-tam.qc.ca

Imprimé au Canada

À Arnaud, l'aîné de mes quatre fils.

Diantre! Cela veut dire que, pour ne
pas faire de jaloux, je devrai écrire
au moins trois autres histoires…

Mais si les lecteurs me le
permettent, je m'y engage
avec plaisir !

JB

Les Héritiers de Frankenstein (clones, OGM et autres superstitions génétiques). Essai.

(Trait d'union. 2002)

TABLE DES MATIÈRES

Chapitre 1

Faites vos valises!

La valise de Simon n'est pas prête... Il aime mieux lire nonchalamment un gros album relié du magazine Spirou. Périodiquement, il fend la tranche du livre d'un doigt expert pour trouver la suite de son histoire, une trentaine de pages plus loin... Il n'entend pas la sonnette de la porte. Pas plus qu'il ne prête l'oreille à la voix de son père:

- Mais pourquoi verrouiller en plein jour? Ça fait trois fois que je sonne, dit le père alors qu'on lui ouvre enfin la porte.

Mathilde Champagne se contente de hausser les épaules avant de regagner la cuisine en souriant.

Une petite voix dans la tête de Simon lui dit qu'il devrait bouger, mais il se sent si bien, confortablement installé dans son lit, à lire sous la couette. Hélas, toute bonne chose a une fin comme le lui indique le bruit des pas qui montent l'escalier avec énergie.

- 'Jour Pa.

- Tu n'es pas encore prêt!? Et ta valise? Je t'avais pourtant dit qu'on partait à onze heures.

- Ah oui?

- Allez, grouille! Sinon on va se retrouver en plein embouteillage.

Pour montrer sa bonne volonté, Simon se met à faire le clown. Il bouge, trépigne, trébuche dans la culotte de son pyjama, tourne en rond. Max lève les yeux au ciel devant les simagrées de son fils. Mais derrière ses pitreries, Simon est songeur...

Max l'a invité pour une expédition de motoneige dans le Nord. «Entre hommes» comme il dit... C'est la première fois depuis la séparation de ses parents qu'il se retrouvera seul avec son père, sans son frère ni sa soeur dans les jambes.

Il a presque douze ans, il est presque un adulte. Mais il aime encore se faire gratter doucement le cuir chevelu ou se faire serrer bien fort! À l'abri des regards indiscrets, bien entendu...

Tellement de choses changent dans sa vie. À commencer par Sophie, celle qui range ses trucs dans la case de l'autre côté du corridor à l'école. C'était son amie l'année dernière ; or, depuis la rentrée, elle le snobe et ne lui adresse plus la parole. Serait-ce parce qu'il a un nez trop gros? En fait, quand il se regarde dans le miroir, Simon n'aime ni sa bouche, ni ses yeux, ni ses oreilles. Il ne peut évidemment pas parler de ces choses-là avec sa mère – les mères disent toujours que leurs enfants sont les plus beaux ‐ et encore moins avec ses amis. Personne ne peut comprendre, surtout pas Max!

L'idée d'une expédition l'avait tout de suite emballé, mais maintenant qu'il est l'heure de partir, il ne sait plus. La vie est tellement plus simple avec la plus gentille mère du monde... Max n'a rien d'un monstre, mais il ne parle pas beaucoup et il faut toujours faire ce qu'il dit... Vite, vite, vite!

Finalement, il se dit qu'il aurait mieux fait d'aller avec Mathilde et les plus jeunes, rendre visite à sa tante à Vancouver. Mais Max ne lui a pas laissé assez de temps pour réfléchir! Trois jours avec lui, dans le bois. Il va falloir faire face à la musique!

- Cout'donc, t'as envie d'y aller ou non?

L'impatience de Max le ramène à la réalité.

- Oui, oui, j'avais juste oublié que c'était aujourd'hui.

- Tu av... Bon: deux pantalons, deux paires de chaussettes, deux sous-vêtements, un gros chandail, ta brosse à dents et tes vêtements d'hiver... C'est tout ce dont tu auras besoin.

- Je peux prendre mon modèle réduit?

- Je ne pense pas que tu aies le temps de bricoler. On s'en va dans le bois et il y a plein de choses à faire!

- Mon *Game Boy* alors?

- Regarde: ça, c'est ta valise. Tu mets tout ce que tu veux dedans mais rien de plus. Je t'attends en bas dans cinq minutes.

D'un geste impatient, Max pose le sac, qui sert de valise à Simon, au pied du lit et sort de la chambre d'un pas rapide.

Simon se dit que le week-end risque d'être long.

Et comment tout faire entrer là-dedans? Il décide alors de sacrifier un pantalon au profit d'un deuxième album de bandes dessinées. Quatre heures de route avec un père de mauvais poil: vaut mieux prévoir beaucoup de lecture!

Mais voilà que la fermeture éclair menace de briser. À genoux sur la valise, Simon tente en vain une manoeuvre. Il faudra sacrifier autre chose...

Sa mère entre dans la chambre sans faire de bruit.

- Allez, je vais t'aider.

Mathilde vide la valise d'un seul geste sur le lit puis entreprend de plier soigneusement chaque chose. Elle arrive même à trouver de la place pour le deuxième pantalon.

- Là! Tu ne peux tout de même pas aller jouer dans la neige sans vêtements de rechange!

Elle glisse ensuite une barre de chocolat dans une des pochettes extérieures.

- Un petit «en cas», si la route est trop longue. Voyons! Où est ta lampe de poche? Ah! Encore sous ton oreiller.

- Ah oui! Je devrais emporter mon couteau suisse aussi.

Simon ouvre son tiroir secret fermé à clé pour récupérer cette précieuse possession. Sa mère, attendrie, le serre très fort contre elle.

- Mon grand garçon! Promets-moi d'être prudent et de ne pas aller sur les lacs. L'hiver a été doux et on ne sait jamais. Promis?

- Oui.

Simon a soudain le coeur aussi serré que ses vêtements dans la valise. Il sent l'émoi de sa mère et n'apprécie pas en être la cause. Il cherche des paroles réconfortantes, il veut lui dire qu'il ne l'abandonne pas, mais Mathilde recule et plisse gaiement les yeux avec une moue rigolote, comme pour chasser les mauvaises pensées.

- Je promets de t'appeler, dit Simon sur le ton le plus rassurant qu'il se connaisse.

- Ça ne sera pas facile, mon grand. C'est loin Vancouver, tu sais, dit Mathilde songeuse. Allez! Ne fais pas attendre ton père.

Chaudement vêtu, valise à la main, Simon s'apprête à sortir quand Max lui fait remarquer qu'il n'a pas mis son pantalon de neige.

- Ah! Mais je ne sais pas où il est!

- Cherche-le!

- Tu l'as mis sur le calorifère, lance Mathilde du haut de l'escalier.

- Alors, on peut partir? conclut son père d'une voix où perce une légère impatience.

- Pourquoi on n'y va pas nous aussi? demande la petite voix adorable de Pierrot.

- Parce que vous êtes trop petits, répond aussitôt Simon.

Max attire Pierrot vers lui, le prend dans ses bras et l'embrasse sur les deux joues.

- Là où on va, ça prend des combinaisons spéciales... Il faut être au moins grand comme ça, dit Max en indiquant la taille de Simon de la main. Tu aurais trop froid. Et puis, vous, vous allez prendre un gros avion pour aller voir grand-maman et grand-papa.

- Je suis un grand garçon et je n'aurai pas froid!

- Bien sûr que tu es un grand garçon, mais pas encore assez! Viens me faire un gros câlin toi aussi, ajoute Max à l'intention de Julie.

Les deux plus jeunes se jettent dans les bras de leur père et le couvrent de baisers.

- Vous allez être bien, rien que vous deux avec maman. Quelle chance!... Oh! que ça fait du bien. Il faut qu'on y aille maintenant.

- Je peux te donner un petit souvenir de moi, pour pas que tu m'oublies? demande Julie.

- Si tu veux, accepte Max.

Julie court à l'étage pour ramener un de ses coquillages préférés.

- Il porte chance, lui confie-t-elle en chuchotant.

Le porte-bonheur est placé en sécurité dans une poche intérieure de son parka.

- Allez! On a une heure de retard.

Dans la voiture, une tête poilue apparaît bientôt en jappant. C'est le vieux labrador noir de la femme qui habite maintenant avec Max.

- Chic! Pollux vient avec nous.

- Oui. Démarre la voiture pendant que je fais de la place pour ton sac.

Avec habitude, Simon insère la clé dans le contact, compose le code de sécurité et lance le moteur au quart de tour. Il est fier.

- On est parti? demande Simon.

- On passe chercher Maude.

- Elle vient avec nous?

- Eh oui! Tu as des objections?

- Non, non.

Maude, c'est la nouvelle compagne de Max. Simon la trouve sympathique, mais il regrette tout de même que son père vive avec elle plutôt qu'à la maison, comme avant. Son père lui a bien expliqué qu'il est toujours l'ami de Mathilde mais que maintenant, c'est Maude sa meilleure amie. Il a appris à s'accommoder de cette situation, mais il n'est pas interdit de rêver!

Chapitre 2

La route

- Simon? Tu dors? demande Max.

Simon somnole sur la banquette arrière. Il a l'impression d'avoir fermé les yeux à peine une minute... Le ciel était couvert, mais maintenant il tombe des balles de neige. La route est ennuyeuse et lire lui donne la nausée. Il a déjà suivi le mouvement des fils électriques qui semblent se faire la course en oscillant d'un poteau à l'autre. Il s'est aussi amusé avec le ballet étonnant des objets qui composent le paysage, comme ces hautes antennes et ces silos à grains. Le déplacement de la voiture crée d'étranges illusions. Au loin, les objets semblent d'abord se mouvoir avec le véhicule pour ensuite doucement reculer et se perdre à l'horizon. Par contre, au premier plan, les choses se précipitent vers l'arrière; on n'en perçoit que la traînée.

Mais maintenant, Simon s'ennuie. Il commence à avoir faim. Il ne mangera pas de chocolat car son sac est loin, coincé sous le hayon, derrière Pollux qui dort à pattes fermées. De toute façon, il n'aurait pas dérangé le chien. Lorsque Pollux est assis, sa tête se retrouve inévitablement juste à côté de celle de Simon. On a beau l'aimer, Pollux, mais avec sa gueule qui sent aussi bon que le camion à ordures, le voyage devient pénible...

- Quand est-ce qu'on mange? risque Simon.

- Je commence à avoir une petite faim moi aussi, renchérit Maude.

Manger? Faim? Deux mots que Pollux connaît bien. Le voilà bien réveillé, tentant de lécher affectueusement le visage de Simon. Beurk!

- Je connais un bon endroit pas loin d'ici; vous pouvez patienter une petite demi-heure? leur demande Max.

Sur l'autoroute, les voitures avancent à pas de tortue. La visibilité est presque nulle, mais les quatre roues motrices se font un chemin dans la neige folle sans difficulté. Au lieu de suivre le lent cortège qui peine vers le Nord, le «camion» de Max emprunte la voie de dépassement, même si elle est complètement recouverte de neige. Ils parviennent en toute sécurité au fameux restaurant, seulement vingt minutes après la «petite demi-heure» annoncée.

- On va s'en sortir! dit Max en plaisantant. Voilà la bouffe.

***

L'intérieur du restaurant est un carré grand comme deux salles de classe, rempli de tables à banquettes. Trois femmes dans la quarantaine s'y affairent comme des abeilles. Elles portent la même coiffure teinte en blond et le même uniforme turquoise.

Au plafond, on distingue les grosses poutres des fermes du toit en pignon. Tout autour, des photos de chasse ponctuent le bleu pastel des murs. Au milieu, à l'opposé de la porte d'entrée, une tête de chevreuil poussiéreuse et grise les regarde.

- C'est ça un chevreuil? s'enquiert Simon en pointant le trophée du doigt.

- Oui. Comme celui que j'ai chassé l'automne dernier, répond Max.

- C'est beau.

- C'est encore plus beau de les voir dans la nature. Celui-là n'est pas très réussi.

- Alors, pourquoi tu les tires?

- T'aimes la viande?

Simon se sent pris de court. En effet, il aime bien la viande.

- Eh bien, moi aussi! enchaîne son père. Et puis, mon chevreuil a eu une belle vie de chevreuil avant de mourir. Il a eu tout le temps de se reproduire et il n'a pas souffert. C'est quand même mieux que la vie d'un cochon dans une porcherie industrielle!

- Les cochons ne risquent pas de finir sous les crocs des loups, intervient Maude.

- J'aimerais mieux avoir affaire aux loups qu'à un camion menant à l'abattoir, enchérit Max.

- Même si j'aime la viande, j'ai pas envie de tuer des animaux, conclut Simon.

- Personne ne t'oblige à le faire, dit Max... Mais là où on va, prépare-toi à voir des animaux empaillés. Il y en a sur tous les murs et même au plafond: chevreuil, orignal, ours, lapin, castor, perdrix... Plus beaux que cette tête-là en tous cas. Hervé est un artiste, on dirait que ses têtes d'animaux vont bondir hors du mur...

Hervé, c'est le compagnon de chasse de Max. C'est lui qui a des motoneiges et qui habite si loin dans le Nord.

Simon choisit une banquette qui lui permet de continuer à observer le chevreuil.

En apportant des assiettes bien remplies, la serveuse leur apprend que la «15» a été fermée à la circulation une heure plus tôt. Ils sont passés de justesse.

Simon ne se soucie pas de la neige. Il regarde attentivement Maude attaquer le petit bol de fèves au lard qui accompagne son omelette.

- T'aimes ça les fèves au lard, toi?

- Hmmm, mmm!

- Moi, je trouve ça dégueulasse.

- Simon! tranche Max en fronçant les sourcils. Tu as le droit de ne pas aimer ça, mais on ne dit pas...

Avant qu'il n'ait pu finir sa phrase, Maude, assez grande pour se défendre, lui coupe la parole.

- Moi, c'est la lasagne que je trouve dégueulasse, dit-elle.

- Non, jamais! Ça c'est bon, rétorque Simon.

- Pouah, ajoute Maude!

- Bon, ça suffit vous deux, tranche Max, comme s'il parlait à des enfants qui se disputent.

Les trois se mettent à rire franchement. C'est la première fois depuis le début du voyage que l'atmosphère se détend vraiment.

***

Maude profite de la pause pipi des garçons pour sortir Pollux. Ce dernier est ravi de courir dans la neige et de sentir de nouvelles odeurs. Et c'est sans grand enthousiasme qu'il remonte à l'arrière de la voiture, sur sa couverture. *Pas déjà!*, semble-t-il dire.

Puis Maude s'installe tout naturellement derrière le volant. Cela surprend un peu Simon, sa mère ne conduit jamais...

Les conditions de route sont plus agréables qu'au cours de la première moitié du voyage. Le ciel est bleu comme s'il n'y avait jamais eu de tempête.

Max passe sa main entre les banquettes pour chercher celle de Simon; sa grosse main chaude et rassurante serre légèrement la sienne trois fois. Simon retourne ce geste affectueux avec un sourire.

L'estomac plein, il se cale dans son siège et laisse flotter son regard...

Chapitre 3

L'antre du chasseur

Un changement dans l'allure du véhicule tire Simon de son sommeil.

- On est arrivés? demande-t-il d'une voix endormie.

Il est bientôt quatre heures et il fait encore clair: à la mi-mars, les journées sont déjà plus longues.

- Pas tout à fait, mais on entre dans le bois.

En effet, la route devient plus sauvage, glissante et étroite. Maude a la situation bien en main et compense adroitement les inévitables dérapages dans les virages serrés. Simon aime cette conduite sportive.

Max lui conseille de rouler un peu moins vite, car il est toujours possible de croiser un mastodonte transportant un chargement de bois.

- Mais il y a à peine de la place pour passer! s'inquiète Simon.

- Je sais, mais il y a un moulin à scie sur le chemin et les camions peuvent sortir à tout moment. Prends ici à gauche! lance-t-il à l'intention de Maude.

Pollux sent les odeurs de la forêt. Il gémit d'excitation. Simon entrouvre aussitôt la fenêtre pour lui permettre de mieux goûter l'air vif et froid.

Max désigne du doigt un point dans la montagne.

- C'est exactement là que j'ai eu mon chevreuil. Environ aux deux tiers de la montagne, juste en haut de la surface enneigée... Et ça, c'est la maison du frère de Hervé... Au bout de la ligne électrique, on est arrivés.

- Le bout de la ligne? s'exclame Simon avec curiosité.

- Hervé a l'électricité depuis seulement deux ou trois ans mais pas encore le téléphone. C'est un vrai *gars de bois* comme on dit ici. Quand il est arrivé, il n'y avait rien du tout ; il a tout construit lui-même. Il gagne sa vie comme guide de chasse.

- C'est ton ami? demande Simon.

- On peut dire ça. C'est là!

Max indique une pancarte avec des lettres sculptées dans le bois et peintes de manière à ce qu'on y lise le nom du maître des lieux: «Lachance».

Maude gare le véhicule en marche arrière pour en faciliter le déchargement puis éteint le moteur.

Le métal qui refroidit sous le capot laisse échapper de petits crépitements comme des gouttes d'eau tombant ici et là sur un toit de tôle.

Hervé fait son apparition en chemise de corps dans le cadre de la porte. Un épais nuage de condensation s'échappe de la maison autour de lui. Hervé arbore un large sourire et fait de grands gestes les priant d'entrer sans délai.

- Y fait-t'y assez beau à votre goût? Venez! Entrez!

J'ai fait un grand feu!

Même depuis la voiture, Simon ne peut pas manquer de remarquer les yeux de l'homme. Ils sont gris et tellement brillants qu'on croirait qu'ils sont illuminés. Simon trouve qu'Hervé a quelque chose d'inquiétant, même s'il sourit comme un enfant.

Les lieux, par contre, sont enchanteurs. Simon ne sait plus où donner du regard.

Une autre tête sort soudain du cadre pour les accueillir: une petite boule de poils noirs qui a l'air d'un croisement entre le chat et le lapin. L'animal disparaît en voyant Pollux bondir du véhicule et se mettre à sentir et à lever la patte à qui mieux mieux. Un territoire vierge sur lequel jamais aucun chien avant lui n'a laissé sa marque. Un territoire appartenant à des chats!

Taïaut! Taïaut!

Max parlait d'une cabane en bois rond; elle est bel et bien construite avec des troncs entiers, mais il s'agit d'une magnifique structure à deux étages entourée d'une agréable clairière qui domine une rivière sinueuse au fond d'une vallée. Au bout du terrain se dressent quatre totems en bois gris.

Tout autour, la neige a été découpée pour dégager l'entrée et forme une muraille à hauteur d'homme que Simon est impatient d'escalader. Max lui signifie qu'il faut d'abord rentrer les bagages.

À l'intérieur, un feu bien nourri brûle dans une cheminée en grosses pierres rondes qui s'impose dans la seule pièce du rez-de-chaussée.

Son père a dit vrai et Simon n'en revient pas: il y a des panaches et des animaux empaillés sur tous les murs. Même au plafond, où la peau d'un ours noir a été clouée! Simon est à la fois fasciné mais étrangement attristé devant ce spectacle.

L'automne dernier, alors que son père se préparait pour la chasse, le professeur avait organisé une discussion autour de ce thème. Les élèves devaient choisir un point de vue et le défendre en classe. Simon s'était vite rangé dans le camp des «antichasseurs»; seuls deux élèves composaient l'autre camp et leurs arguments n'avaient convaincu personne. Simon défendait l'idée que les humains n'avaient plus aujourd'hui à chasser pour assurer leur subsistance et que, de plus, les armes à feu étaient dangereuses.

Simon en avait discuté avec son père et ce dernier, tout en respectant ses opinions, lui avait rappelé qu'il n'est pas plus cruel d'aller chercher sa viande dans le bois que de l'acheter au supermarché. «Ce n'est pas du plastique, ce qu'il y a dans les emballages blancs du boucher!», avait-il dit. Quant aux armes à feu, Max avait affirmé que tout était une question de sécurité. Une scie ronde branchée et laissée sans surveillance n'est-elle pas aussi dangereuse qu'une arme à feu accessible?

Simon pensait avoir compris ce que son père avait tenté de lui dire à l'époque, mais ses sentiments étaient demeurés les mêmes. Il ne pouvait pas mettre le doigt dessus, mais il avait l'impression qu'il n'avait pas fait le tour de la question.

Chez Hervé, le sujet n'a plus rien de théorique. Pas moins de cinq carabines et fusils de chasse sont accrochés aux poutres, sur des douilles de gros calibre clouées dans le bois.

Par ailleurs, Simon comprend mieux ce que son père voulait dire en parlant de Hervé comme d'un artiste... Son chevreuil est tellement réaliste. On jurerait que l'animal a passé la tête à travers le mur et qu'il est sur le point de bondir pour fuir dans le bois.

"C'est vrai que c'est beau, mais je ne mettrais pas ça dans ma chambre.", pense Simon.

Comme si elle avait entendu sa réflexion, Maude renchérit:

- Ça fait un peu bizarre sur un mur, mais au moins on a le temps de le regarder; on n'en voit jamais dans la forêt.

- Ah oui? Pourquoi? demande Simon, un peu déçu.

- T'as vu la grosseur des oreilles de c'te bibitte-là, bonhomme! lui fait remarquer Hervé. Ils sont capables de t'entendre croquer un *Smarties* à un mille. Il pourrait y en avoir un pas plus loin que les totems... s'il bouge pas, tu le verras jamais. Y a juste un loup capable d'approcher un chevreuil en silence. Et encore, seulement si c'est un vieux, un peu sourd.

- Il y a des loups ici? demande Simon, incrédule.

- S'il y a des loups? Tu verras demain: je vais te montrer des pistes fraîches. En tout cas, t'es mieux de ne pas laisser ton chien sortir tout seul à soir!

- C'est pas mon chien.

- Ah! C'est pas ton chien? dit Hervé en se moquant du ton de Simon.

- C'est le chien de Maude, l'amie de mon père.

- Ah! L'amie de ton père? répète-t-il sur le même ton.

Max entre alors avec les derniers bagages.

- Je vois que vous faites connaissance... Simon je te présente Hervé. Hervé, voici Simon, Maude et... Pollux!

Hervé réagit davantage en entendant le nom du chien que celui des humains.

- Bonjour, le beau Pollux; viens voir Hervé. Hein, le beau chien chien? Ah oui! Ça sent bon ici. C'est quoi ça? Une peau de castor. Ça sent encore la chasse, je viens juste de la tanner. Hein? C'est quoi ça, mon Pollux?

Hervé décroche la peau toute ronde accrochée au mur. Le chien est un peu méfiant, mais se fourre la truffe dans le poil épais et fait passer l'air bruyamment par ses narines. Son front plissé et tremblant témoigne de son grand intérêt pour l'étrange bête à poil qui ne semble pourtant pas comestible. La peau comporte six fentes qui intriguent Simon. Hervé devine la question qui lui brûle les lèvres et explique sans détacher son regard de Pollux.

- Deux petits trous pour les yeux, deux pour les pattes avant et deux autres pour les pattes arrière. C'est comme ça que les Indiens faisaient avant de les vendre. C'est beau, hein? Pour les bloquer, ils faisaient des cerceaux avec du bouleau. J'en ai en bas, je te montrerai. Mais vous devez avoir faim?

- Un peu... mais on va attendre le souper, répond Max.

- Une bière alors? Boisson gazeuse, lait, jus...

Des yeux, Hervé fait le tour de ses invités en terminant par Simon:

- Scotch?

Simon, surpris par cette demande incongrue, a l'impression de se retrouver devant le capitaine Haddock. Quel étrange personnage! Simon n'éprouve pas beaucoup de sympathie pour lui; sans compter qu'il pue le tabac à plein nez.

- Je prendrais bien un jus d'orange, fait-il d'une voix pleine de reproches.

- Oh! Excusez-moi de vous demander pardon! fait Hervé dans une révérence ridicule en exécutant de grands moulinets avec les bras.

D'une main habile, il attrape coup sur coup deux oranges dans la corbeille à fruit, qu'il lance aussitôt en direction de Simon.

Ce dernier les attrape l'une après l'autre de la main droite puis de la gauche, tandis qu'Hervé sort de l'armoire un presse-fruits à levier digne d'un antiquaire.

- Le jus de Monseigneur! Attention! Fraîchement pressé! C'est pas parce qu'on est dans le bois qu'on ne sait pas vivre.

Hervé conclut sa prestation en plantant un gros couteau de chasse sur la table à l'intention du jeune homme.

Simon ne se laisse pas intimider. Fièrement, il dédaigne la grosse lame et sort plutôt le couteau suisse de sa poche pour couper les oranges en moitiés.

Hervé récupère son couteau avec un sifflement admiratif.

- J'ai toujours rêvé d'en avoir un comme ça! C'est le modèle avec les petits ciseaux?

Simon acquiesce en silence en indiquant du doigt l'endroit où sont repliés les ciseaux.

Maude s'impatiente:

- Maintenant que les hommes se sont montrés leur quincaillerie, j'aimerais savoir quel est le programme?

Hervé reprend une attitude plus normale.

- Comme vous voulez. Il reste encore presque une heure de clarté. Je vous suggère une petite session de familiarisation avec les engins, histoire de se préparer pour demain.

- Bonne idée! Je n'ai pas conduit de motoneige depuis l'âge de douze ans, dit Max en reboutonnant son manteau.

- Parfait, je vais aller faire chauffer les moteurs pendant que vous vous préparez... Tout le monde doit se choisir un casque. Il y en a même pour les fortes têtes, ajoute-t-il en faisant un clin d'oeil à Simon.

Aussi habilement qu'il avait jonglé avec les oranges, Hervé se glisse dans sa combinaison. Simon remarque alors le harnais de métal qui sort d'une des bottes du coureur des bois. Cela l'intrigue, mais il n'ose pas poser de question.

Simon opte pour un casque noir avec de fines lignes rouges qui ne lui serre pas trop la tête. Ainsi coiffé, il se sent fort, capable de tout affronter.

En franchissant la porte, il entend le vrombissement nerveux des motos qui démarrent. L'adrénaline le fait trembler un peu. Il a bien hâte d'essayer ça!

Pollux sent que tout le monde va en promenade. Tout excité, il jappe de joie. Simon tente de le raisonner.

- Non, toi tu restes ici.

Le chien s'assoit sagement et le regarde de ses grands yeux tristes.

- Les chiens ne peuvent pas faire de la motoneige... Il n'y a pas de casque pour toi! Je te promets qu'on ira jouer dehors en revenant. Sois sage! Bon chien.

Chapitre 4

En avant les machines!

Simon est un peu déçu car la sortie se fait à trois motoneiges. L'une d'elles a une plus large bande de roulement et est conçue pour deux personnes. Simon est le passager de Hervé.

Hervé se contente d'expliquer rapidement que le moteur commence à mordre à partir de cinq mille tours à la minute et que le frein ne sert pratiquement à rien. Il suffit d'appuyer et le tour est joué, mais attention aux départs en fou!

Pour illustrer son propos, il lance ce qu'il appelle familièrement son *tracteur* à l'assaut d'un des murs de neige que Simon voulait escalader plus tôt. Tous se crispent, persuadés que la catastrophe est imminente. Il se produit alors quelque chose de très spectaculaire: la motoneige se cabre presque à la verticale, bondit dans les airs et franchit l'obstacle comme si de rien n'était.

Simon n'en croit pas ses yeux. Il est vivement impressionné, mais de moins en moins rassuré.

- Je ne veux pas monter avec lui, il est fou, crie-t-il à Max d'une voix amusée.

- T'inquiète pas, il sait ce qu'il fait. Je lui ai dit que je ne voulais aucune imprudence, le rassure son père.

- En tout cas, il ne faut pas aller sur les lacs, conclut Simon.

- Pourquoi pas? C'est le meilleur endroit pour faire de la motoneige, objecte son père.

- Mais, tu sais, c'est parfois dangereux. L'hiver a été doux... et on ne sait jamais, répond Simon en faisant écho aux paroles de sa mère.

Max voit bien que son fils n'est pas rassuré. Il reconnaît là les mots d'une mère inquiète pour son grand garçon et cela l'agace. La grosse moto-neige de Hervé s'immobilise juste à leurs pieds.

- Si tu as des craintes, parles-en au spécialiste, dit Max à son fils qui se précipite pour enfourcher le gros cheval des glaces.

Hervé se retourne pour donner les dernières consignes de sécurité.

- Quand la moto penche, tu penches avec elle et tu t'accroches bien. Si tu tombes, la chenille peut t'attraper et ça pourrait l'endommager; toi aussi d'ailleurs... Faut juste pas tomber!

Simon expose sa crainte de rouler sur le lac.

- En ce moment mon garçon, la glace doit avoir au moins trente centimètres d'épais: tu pourrais rouler dessus avec une locomotive! Mes machines ont juste besoin de ça d'épais de glace pour passer dessus, dit Hervé en montrant un espace entre son pouce et son index de deux ou trois centimètres.

Un peu rassuré, Simon se remet à sourire.

Hervé ajoute quelque chose, mais le vrombissement du moteur lancé à sept mille tours enterre sa voix.

Simon pâlit en sentant le siège sur le point de se dérober sous ses fesses. Il s'accroche de son mieux à Hervé.

Derrière la fenêtre de la cuisine, Pollux les regarde partir avec envie.

La caravane de trois motoneiges menée par Hervé et Simon avance avec prudence en attendant que Max et Maude se familiarisent à la conduite.

Voyant que ses invités se débrouillent assez bien, Hervé leur fait signe de tourner à droite et s'élance en direction du lac.

Simon voit arriver avec appréhension l'étendue du lac Tipani couvert de neige, mais la vitesse et toutes ces sensations nouvelles l'impressionnent davantage.

La motoneige fend la neige avec une molle aisance. Simon est tendu mais joyeux.

On fait le tour du lac à quatre-vingts kilomètres à l'heure puis on repart d'où on est venu.

Une demi-heure plus tard, le groupe a regagné le petit domaine de Hervé. Simon n'a pas encore eu la chance de conduire lui-même la motoneige.

Tandis qu'Hervé prépare le repas, une jeune fille entre dans la maison comme si elle était chez elle.

- Bonjour! Moi c'est Suzie. C'est toi le petit gars de la ville?

Simon est déconcerté. Il est content de voir quelqu'un de son âge, mais n'aime pas se faire qualifier de petit gars. Suzie n'attend pas sa réponse et ouvre le frigo.

- Tu veux un Coke? demande-t-elle sur un ton indifférent.

- Je n'aime pas les boissons gazeuses, répond Simon sur le même ton.

- Bon.

Elle se verse un grand verre de la boisson brune et ne fait plus attention à lui.

Simon reste perplexe. Pendant leur absence, elle a su se faire amie avec Pollux qui la suit partout.

- Simon, je te présente Suzie. La fille de mon frère qui habite plus bas, intervient Hervé au-dessus de ses chaudrons. Suzie, Simon; c'est mon invité.

Elle hausse les épaules.

- Elle n'est pas méchante, seulement un peu farouche... Bon, bien, maintenant que vous avez fait connaissance, on peut passer à table.

Simon a une faim de loup et avale rapidement son assiette de ragoût d'orignal. Il essaie de ne pas prêter attention à cette fille bizarre. D'ailleurs, il la trouve laide et sale, avec ses cheveux en bataille.

Ce qui l'embête le plus, c'est qu'elle semble parfaitement à l'aise avec des adultes. Elle participe à la conversation et sait très bien de quoi elle parle. Simon se sent un bien "petit gars" de la ville.

Pour le lendemain, il est question d'une randonnée de vingt milles sur le territoire de chasse, en dehors des sentiers balisés.

- Les kilomètres, vous ne connaissez pas ça? demande sèchement Simon.

- Aujourd'hui, pour se rendre au lac, on a fait environ deux milles, c'est-à-dire à peu près exactement trois-mille-deux-cents mètres, soit un peu plus de trois kilomètres, précise Hervé avec un sourire taquin. Satisfait?

Sans répondre, Simon pose discrètement un cube de viande sur le plancher. Fidèle au rendez-vous, Pollux s'éloigne enfin de l'horrible Suzie. Il avale le morceau d'une seule bouchée puis dépose doucement son museau sur la cuisse de Simon. C'est une maigre consolation, mais il a l'impression d'être moins seul.

- Je vais promener Pollux, annonce-t-il.

C'est avec peu d'enthousiasme que Simon lui lance des balles de neige pour le faire courir. Mais, sous la belle lumière laiteuse de la pleine lune, le chien bondit, saute et gambade.

Une fois au lit, Simon a peine à s'endormir. Ce n'est pas l'impatience du lendemain qui le torture, mais plutôt l'image mentale de Suzie qui le regarde avec un amusement à peine retenu après s'être fait clouer le bec par Hervé.

S'il avait l'âge de conduire, il retournerait aussitôt à Montréal. Pollux saute sur son lit et se roule en boule à ses pieds.

- Bon chien, ça c'est un bon chien. Bonne nuit Pollux!

Chapitre 5

Hors piste

Simon court sur un lac gelé qui s'étend à perte de vue, poursuivi par un mur d'animaux aux dents féroces. Suzie court encore plus vite et brise la glace devant lui en ricanant. Il se retrouve sur un iceberg à la dérive qui bascule dangereusement. Il tombe et se réveille sur le plancher froid.

Il fait encore nuit.

Des bruits sourds en bas et une odeur d'oeufs frits indiquent qu'il n'est pas le premier debout.

Quel affreux cauchemar! Il se sent encore plus fatigué que la veille.

Dans l'autre lit, son père est blotti contre Maude. Ils ont l'air paisible. Il sait bien qu'ils vivent ensemble, mais c'est la première fois qu'il les voit aussi « *concrètement* » ensemble. Cela lui fait un pincement, sans toutefois le choquer.

Il s'habille en vitesse et descend sans faire de bruit.

Suzie l'accueille avec un grand sourire et lui offre une tasse de chocolat fumant et du pain grillé.

- Tu as bien dormi? demande-t-elle gentiment.

- Mouais...

- T'aurais pu rester au lit, tu sais, on ne part pas avant 10 heures.

- Je n'avais plus sommeil.

- J'ai nourri Pollux ce matin; c'est lui qui m'a montré où était son sac de moulée. Il est très intelligent, ton chien.

- En fait, c'est le chien de Maude, avoue Simon.

- C'est quand même avec toi qu'il a dormi! J'aimerais bien avoir un chien, mais mon père est allergique.

- Hervé, lui, pourrait en avoir un!

- Ah! Il dit que ses chats n'aimeraient pas ça...

- Pollux s'entend bien avec les chats.

- Tu veux jouer aux échecs? demande-t-elle pour changer de sujet.

- Il y a un jeu d'échecs ici?

- Oui, Hervé m'a montré comment bouger les pièces, mais il ne veut jamais jouer avec moi.

- D'accord.

- Hé! T'as des beaux yeux quand tu souris, dit-elle avant de courir chercher les pièces du jeu en rigolant.

Simon rougit. Il ne comprend plus pourquoi il la détestait tant hier. Elle n'est pas laide du tout. Elle est même plutôt mignonne sous ses cheveux emmêlés.

Suzie est douée pour les échecs mais pas autant que Simon qui a été champion de sa classe cette année.

Simon remporte trois parties de suite tandis que les autres se réveillent.

- Bon, je vois que j'ai encore du chemin à faire pour te rattraper. Tu pourrais m'apprendre à mieux jouer?

- Bien sûr, affirme Simon en contenant sa fierté.

***

C'est le départ! Hervé a préparé les provisions et aligné les combinaisons de tout le monde.

Pollux se place encore à la fenêtre. Le chat de Hervé en profite pour passer très lentement sous ses yeux, comme pour le narguer. Le chien proteste en jappant.

Les quatre motoneiges s'élancent, Hervé et Simon en tête, suivis de Suzie, Maude et Max.

Sous son gros casque en fibre de verre, Simon n'entend presque pas le bruit des moteurs. Pour quelqu'un qui marcherait en forêt, ces machines violeraient le charme tranquille de la nature, mais

Simon profite plutôt de la magie de la motoneige. Elle permet de se rendre là où, autrement, personne ne va, entre les arbres chargés de neige.

Après avoir emprunté une véritable autoroute des neiges — avec panneaux de signalisation et chemins à deux voies — la moto de tête bifurque dans un sentier vierge qui mène au territoire de chasse de Hervé.

La motoneige se moque des caprices de la neige, mais Simon s'accroche fort de peur de tomber.

Au fond d'une petite vallée, la piste s'efface sous une forte accumulation de neige folle. Ils sont devant un mur blanc de plus de deux mètres, telle une vague de l'océan pétrifiée dans la glace. Simon hurle pour prévenir Hervé, mais ce dernier ne ralentit pas l'allure. La grande vague blanche se soulève et les recouvre entièrement. Simon est aveuglé, mais tout va trop vite pour qu'il ait peur. Ils franchissent l'obstacle comme s'ils étaient passés à travers un nuage.

Simon se retourne pour voir les autres disparaître tour à tour dans la neige et en ressortir comme des fusées, quelques mètres plus loin.

Wow! Un grand sourire d'excitation lui tire les lèvres...

Hervé immobilise brusquement son véhicule, le bras tendu vers des ombres sur la neige... On dirait les traces de Pollux en plus grand. Simon interroge Hervé du regard.

Soulevant la visière de son casque, le guide ne crie qu'un mot: «Loup!», puis enchaîne avec un long hurlement lugubre.

Il rabaisse aussitôt la visière et repart. Un frisson parcourt Simon même s'il n'a pas froid.

Quelques mètres plus loin, Hervé s'immobilise à nouveau pour montrer des traces profondes formant un "V" au fond.

- Lunch! lance Hervé sans émotion. Un gros chevreuil nerveux... et fatigué, ajoute-t-il en examinant mieux la piste. Regarde! des pistes se rejoignent là-bas!

- Il faut l'aider! On pourrait faire peur aux loups avec la motoneige? suggère Simon.

Hervé se retourne avec les yeux écarquillés et un sourire narquois. Il hausse les épaules.

- Trop tard... Et puis, les loups aussi ont le droit de manger, non?

- Dégueu..., grimace Simon.

Hervé avance lentement en suivant les pistes.

- Deux autres loups! Si on les suit dans le bois, j'ai l'impression qu'on va trouver de la neige rouge pas bien loin. Ça remonte à quelques heures, pas plus. Regarde la petite neige que le vent a déposée juste d'un côté, comme de la poussière.

Simon ne tient pas à voir le spectacle. Il plaint les chevreuils qui doivent survivre dans un environnement aussi impitoyable.

- Tu n'as pas à avoir peur. Il n'y a aucune preuve dans toute l'histoire du Canada qu'un loup ait jamais attaqué un homme, sauf peut-être un mourant.

Les motoneiges poursuivent leur chemin et passent bientôt entre deux gros sapins qui s'écartent comme des rideaux de scène sur une plaine blanche à perte de vue. Simon comprend tout de suite qu'ils s'engagent à nouveau sur un lac, un très grand lac où aucune motoneige n'est encore passée.

Hervé immobilise son engin à une centaine de mètres du rivage, enfonce le pied dans la neige, gratte jusqu'à ce qu'il atteigne la glace.

- Tu vois, elle est lumineuse... C'est du solide, annonce-t-il en tapant du pied. C'est quand elle est noire qu'il faut se méfier. Surtout là où il y a du courant dessous, comme sur une rivière! Tu peux aller partout, mais j'aimerais mieux que tu ne t'approches pas trop du bord; y a pas de danger pour la glace, mais on ne voit pas les bosses: pas bon!... Tu vas prendre la moto de ton père.

Ça y est! se dit Simon en espérant que personne ne remarque le petit tremblement d'excitation qui parcourt ses membres.

Suzie a rangé sa motoneige rouge à côté de celle de son oncle et fait des signes à Simon, comme si elle lui lançait un défi. Max et Maude les rejoignent.

Max descend de la motoneige et s'éloigne pour laisser toute la place à son fils.

Simon, un peu nerveux, se fraie un chemin dans la neige vers le véhicule jaune dont le vrombissement du moteur se confond bientôt avec les battements de son coeur.

Hervé lui explique une dernière fois les commandes.

Simon donne du gaz, mais la moto s'enfonce. Hervé lui rappelle qu'il ne faut pas craindre d'y aller pour vaincre l'inertie, et d'ajuster ensuite la vitesse. Tout en écoutant, Simon appuie sur la manette des gaz et la motoneige s'élance en faisant des zigzags. Hervé, qui n'a qu'un pied sur le marchepied, perd l'équilibre et tombe à la renverse dans la neige. Simon est parti! Il ne se doute pas que, par sa faute, Hervé vient de prendre un fameux bouillon.

Simon limite d'abord sagement sa vitesse pour voir comment réagit sa monture. Suzie a fait un grand tour et le dépasse à toute vitesse. Simon accélère timidement, mais Suzie fait une autre boucle pour le narguer. Cette fois, Simon l'attendait et il lance l'engin à plein régime. La brusque accélération le surprend. Il lâche l'accélérateur et plonge dans la neige. Il est embêté car il croit s'être embourbé mais en jouant avec les commandes, il parvient à redonner de la prise à la chenille et à sortir de son trou. Il a l'impression que le temps n'existe plus: il n'y a que lui, la neige, le vent et la vibration du moteur. Il doit se ressaisir quand il voit l'autre rive du lac arriver à grande allure. Comme Hervé le lui a appris, il se penche et tourne légèrement le guidon pour faire demi-tour sans bavure. Suzie arrive à sa hauteur tandis qu'il remet plein gaz pour retraverser le lac. Il croise bientôt un motoneigiste qui le salue. Max ou Maude? Avec un casque, tout le monde se ressemble.

Il est bientôt revenu là où Hervé a rangé la grosse motoneige. Avec une belle précision, il se rapproche et ouvre la visière de son casque.

- Je peux y aller encore?

- On est là pour ça, mon homme! l'invite Hervé.

Simon tourne et tourne encore, plus confiant à chaque tour. Il découvre qu'il peut aller encore plus vite s'il emprunte une piste déjà balisée. Cela lui permet de remettre la politesse à Suzie et de la laisser loin derrière dans un nuage de poussière blanche.

Une seule chose l'incite à arrêter: il commence à avoir rudement faim.

Il rejoint enfin les autres.

- En as-tu déjà assez? demande Max.

- Non, j'ai juste faim.

- Suivez-moi! annonce Hervé. Je vous emmène au restaurant.

Avec regret, mais sans le faire voir, Simon rend la motoneige à Max et reprend place derrière Hervé. Il a l'impression de se réveiller d'un très beau rêve. Jamais encore il n'avait eu autant la sensation d'être le patron, d'être plus rapide que le vent.

Il a encore le sourire figé aux lèvres quand le groupe s'arrête au milieu d'une clairière en amont de la rivière qui alimente le lac.

Hervé fait signe aux autres d'attendre puis fait plusieurs fois le tour de la clairière pour bien tasser la neige, de sorte que les autres motoneiges puissent se garer.

- Bienvenue *Chez Hervé*; menu du jour: hamburger, rafraîchissements et surprise du chef!

- Tu ne restes jamais pris? demande Simon en regardant la grosse motoneige.

- Cette moto-là pourrait tirer les trois autres; en plus, on va pouvoir marcher plus facilement. Essaye donc en dehors de la piste.

Simon s'exécute aussitôt, avec un sourire frondeur, avant de s'enfoncer dans la neige jusque sous les bras. Suzie plonge à son tour comme pour aller à sa rescousse. Ils font ensuite mine de nager dans l'épaisse poudre blanche pour revenir sur le terrain affermi par le poids du gros véhicule.

- T'as pas tout vu, lance Hervé, regarde bien!

Hervé redémarre sa motoneige et se précipite hors piste. Il avance et recule comme un fauve qui se débat jusqu'à faire complètement disparaître son véhicule sous la neige folle. Seules la tête et les épaules de Hervé dépassent de la surface blanche.

- Tu penses que je suis bien pris, là, hein? s'écrie le coureur des bois. Qu'on pourra pas rentrer? Qu'on va être obligé d'attendre le printemps? Regarde-moi aller maintenant!

Méthodiquement, Hervé se remet à faire son mouvement de va-et-vient, plus lentement cette fois. Il tasse la neige au fond de la fosse de plus d'un mètre qu'il a ainsi creusée, puis regarde Simon avec des yeux moqueurs laissant entendre qu'il n'arrivera pas à s'en sortir. Il lance alors son moteur à fond et s'extirpe en un seul bond hors du trou.

Simon est très impressionné, Hervé bien fier de son coup!

Hervé fait le tour des motos et coupe les moteurs en enfonçant chaque fois un bouton rouge du revers de la main.

- Passons maintenant aux choses sérieuses, dit Hervé en faisant basculer le siège de la moto-neige sous lequel se trouve un espace où sont rangés outils, ustensiles de cuisine et vivres.

Hervé y prend un petit godendart pliable puis se dirige vers une épinette isolée.

Quelques mouvements précis, et l'arbre chétif tombe mollement. Hervé lance joyeusement le cri d'alerte des bûcherons.

- Timbeeeer! Apporte-moi la hache, Simon, ajoute-t-il.

Simon aussi veut jouer au bûcheron. Il insiste pour débiter le tronc de ses branches, mais le maniement de l'outil s'avère plus difficile que Simon ne le pensait. Hervé lui montre alors patiemment comment se servir correctement d'une hache.

- Tu vois, il faut la laisser faire le travail tandis qu'elle retombe, en n'oubliant pas de pencher la tête sur le côté et d'écarter les pieds... C'est ça, tu comprends vite jeune homme.

En très peu de temps, Simon est en nage; de la

vapeur s'échappe par l'encolure de sa tenue de neige. Malgré le froid, il doit l'entrouvrir. Suzie prend le relais.

Hervé demande à Max de scier le tronc en bûches et s'affaire à dégager la neige au centre de la clairière jusqu'à ce qu'il mette à jour de vieilles bûches à moitié calcinées.

- On va chauffer le poêle à bois!

Avec un peu d'écorce et les branches d'épinettes apportées par les jeunes, les flammes jaillissent vite et se nourrissent bientôt des nouvelles bûches préparées par Max.

- Maintenant, on n'a plus qu'à attendre la braise.

L'attente n'est pas bien longue car le bois qui avait déjà brûlé devient vite orange et chaud. Hervé sort ensuite un grand poêlon pour faire cuire de la viande d'orignal hachée. Incomparables hamburgers!

Quand tout le monde a bien mangé, Hervé jette une poignée de neige dans le poêlon pour la faire fondre et le lave en ajoutant un peu de savon.

- Surprise du chef! dit-il en exhibant une boîte de sirop d'érable.

Il verse le sirop dans le poêlon propre et l'amène à ébullition tandis que Suzie et Maude préparent une surface de neige vierge pour la tire d'érable.

Avec son précieux couteau suisse, Simon taille de petites branches et les jette sur les braises. C'est chaque fois comme un petit feu d'artifice, avec les brindilles incandescentes qui s'élèvent dans la fumée.

- Ce n'est pas dangereux de faire un feu ici? demande-t-il, soucieux.

- Pas ici, c'est pour ça que je viens toujours dans cette clairière. On a du soleil et on est loin des arbres. Il n'y a aucun danger, le rassure Hervé. Mais je prends jamais de risque et j'éteins toujours ce que j'allume.

- Ah! Et comment? poursuit Simon.

- Regarde autour de toi! Il y a assez d'eau pour éteindre un feu de forêt! fait Hervé avec de grands gestes des bras.

- Ah! La neige! réalise Simon.

- Voilà, conclut Hervé.

Simon est ravi; il ne se serait jamais douté qu'on pouvait si bien manger au beau milieu de la forêt!

- Mais, les animaux, ils se cachent où? demande Simon en regardant autour de lui.

- Regarde le plus loin que tu peux, ils sont juste après ça.

Simon regarde l'homme des bois avec un air dubitatif.

- La plupart du temps, ils se déplacent juste ce qu'il faut pour former un cercle de sécurité autour de nous. Une fois qu'on n'est plus là, ils reviennent où ils étaient. Ça prend beaucoup de finesse pour arriver à les surprendre, explique Hervé.

- Mais ça n'en prend pas beaucoup pour tirer dessus. Pas étonnant qu'on en voit aussi peu: ils sont tous sur les murs de ta maison, conclut sombrement Simon.

- Écoute, mon homme, la forêt c'est ma patente. Tout ce que tu vois autour de toi obéit à la loi de l'équilibre. Les chevreuils existent parce qu'ils se reproduisent plus vite que ce que les loups peuvent manger. Mais, des loups, il n'y en a plus assez. Fait que si on mange pas un bon p'tit chevreuil de temps en temps, il va y en avoir trop; ils vont mourir de faim ou de maladie. C'est pas mieux. Moi, je remplace les loups qui manquent.

- Et pourquoi n'y a-t-il plus assez de loups, d'abord?

- Heu, pourquoi, pourquoi..., hésite Hervé. Ça, c'est toute une autre paire de manches... Aide-moi donc à éteindre le feu au lieu de poser toutes sortes de questions, bon.

En effet, il est temps de rentrer: la température a baissé. Même s'il a bien refermé sa combinaison, Simon commence à ressentir le froid alors que la lumière du soleil diminue.

Aider Hervé à enterrer le feu avec de la neige devient un jeu auquel tout le monde participe avec joie.

Le son des motoneiges qui redémarrent brise ensuite le doux silence de la forêt en annonçant la fin de cette belle expédition. Simon n'a tout simplement pas vu le temps passer.

Chapitre 6

Glace noire

Simon est silencieux devant les flammes du foyer, les yeux encore pleins des images épatantes de la journée.

Max, Maude et Hervé avaient des courses et des téléphones à faire et ils sont partis au village avec le "pick-up" noir de Hervé.

- Nous serons rentrés avant neuf heures, dit Max. J'ai promis à ta mère de lui donner des nouvelles avant son départ pour Vancouver. Soyez sages! ajoute-t-il en fermant la porte avec un clin d'oeil qui rend Simon mal à l'aise.

Suzie a allumé la télé, mais la réception est mauvaise: elle préférerait jouer aux échecs, mais Simon a la tête ailleurs. Il semble sur le point de s'endormir quand il se décide enfin à rompre le silence pudique qui s'est établi entre eux depuis le départ des adultes.

- Ça fait longtemps que tu as le droit de conduire une motoneige?

- Aussi longtemps que je me souvienne.

- Génial! J'aimerais ça être à ta place.

- C'est pas toujours drôle quand t'es toute seule, affirme Suzie.

- Penses-tu qu'Hervé me laissera une moto à moi demain?

- Il y en a seulement quatre, hésite-t-elle, t'as qu'à lui demander. Mais tu vas voir qu'après un bout, ça devient plate.

- J'ai l'impression que je pourrais conduire toute une journée sans me lasser, soutient Simon.

- Tu veux essayer près de la maison? propose Suzie.

- On a le droit?

- Je n'ai pas de permission à demander à personne, c'est ma moto, affirme Suzie.

- Mais il fait noir! proteste Simon.

- Pourquoi crois-tu qu'il y a un phare? raille Suzie. Tu veux y aller, oui ou non?

Bien sûr qu'il le veut, mais c'est tellement nouveau. Il n'a pas aussi confiance en lui qu'il le prétend.

- Évidemment, si tu as peur dans le noir, vaut mieux oublier ça, dit Suzie pour le provoquer.

- Je n'ai pas peur, proteste-t-il, mais on reste près de la maison.

- Bien sûr! Je fais un tour de piste et ensuite tu peux y aller, répond-elle en sortant les combinaisons. Mets deux chandails parce que, la nuit, c'est beaucoup plus froid.

Aussi adroitement que son oncle, Suzie chauffe le moteur de sa motoneige puis invite Simon à prendre place.

Elle connaît la piste par coeur, ce qui l'encourage à aller beaucoup plus vite que Simon ne l'aurait souhaité.

Il appréhende l'idée d'être bientôt seul dans la forêt, mais il ne peut plus reculer.

Seul son amour-propre le motive à s'engouffrer au milieu des grands arbres noirs après que Suzie eût sauté du siège pour lui remettre les commandes.

- Pour couper le moteur, tu enfonces le gros bouton rouge, crie Suzie.

- Oui, oui, je sais, répond Simon avec agacement.

Il avance d'abord très lentement, par à-coups.

Le phare éclaire loin devant; la piste est belle et bien balisée. Il retrouve peu à peu le plaisir qu'il avait à conduire plus tôt dans la journée ainsi qu'une partie de son assurance.

Il jette un coup d'oeil derrière et constate à quel point la nuit est noire. Son monde se limite à la zone illuminée devant lui, ses yeux ne s'étant pas ajustés à la pâle lueur de la lune voilée.

Au-delà d'une fourche prise à gauche sans réfléchir, il se met à avoir un léger doute: fallait-il prendre à droite?

Il croit reconnaître un gros sapin chargé de neige, mais tous les sapins qu'il voit ensuite sont gros et lourds de neige.

Le mieux est de faire demi-tour, se dit-il.

En quittant le sentier battu, le lourd véhicule s'enfonce dans la neige folle. Et plus Simon donne du gaz, plus il cale. Sa respiration se fait plus forte, il ressent un picotement sur ses lèvres. Son coeur se met à vibrer autant que le puissant moteur.

C'est pas vrai, c'est pas vrai! se dit-il.

La noirceur des arbres qui l'entourent devient oppressante. La perspective de rentrer à pied l'embête sérieusement.

Il s'acharne à appuyer sur la manette de l'accélérateur de façon rythmée jusqu'à ce que la motoneige fasse une brusque embardée et s'incline dangereusement sur la gauche. La panique le gagne.

Désespéré, il met les gaz à fond et tourne frénétiquement le guidon de gauche à droite en balançant tout son corps. Il respire bruyamment entre ses dents.

Soudain, l'engin fait un bond et Simon se retrouve miraculeusement à nouveau en piste. Il est un peu sonné par le choc, complètement désorienté.

Il n'arrive plus à déterminer d'où il est venu. Il s'en veut de ne pas avoir noté la position de la lune en quittant la maison de Hervé. De toute façon, de gros nuages se sont formés entre temps, rendant la nuit encore plus noire.

Les émotions se bousculent dans sa tête... La peur d'être seul, la honte de s'être bêtement perdu, l'angoisse de mourir gelé, un effroyable sentiment d'impuissance.

Pour se donner du courage, il se dit à voix haute qu'il ne ferait pas un bon coureur des bois.

Cette pensée l'incite à examiner les traces laissées par sa motoneige pour essayer de reconnaître le chemin vers le salut.

À peine a-t-il un pied sur la neige, qu'il se rappelle les pistes de loup et la neige rouge. Une prodigieuse frousse s'empare de lui et il saute sur les commandes pour fuir ces mauvaises pensées. Le hurlement de Hervé lui résonne aux oreilles.

Il roule à toute vitesse cherchant désespérément des yeux la moindre lueur pouvant le guider. Il a oublié de refermer sa visière et des larmes gèlent sur ses joues. Il baisse la tête pour tenter de se protéger du vent glacial, ce qui a pour effet de refermer violemment la visière.

Ce claquement brusque le tire de sa transe et il lâche enfin la commande d'accélération.

Il est maintenant convaincu d'avoir pris la mauvaise direction: il n'avait pas parcouru une telle distance avant la fourche.

Il ordonne à son cerveau de se remettre à fonctionner correctement. Il faut faire demi-tour sans quitter le dur. Il avance prudemment et trouve bientôt ce qu'il cherchait: une boucle dans la neige.

Il se concentre et ne pense qu'à des choses factuelles... *Revenir sur mes pas; jusqu'à l'endroit où je me suis embourbé; continuer jusqu'à la fourche; rouler pen-*

dant cinq minutes; revenir à la fourche; rouler encore cinq minutes; casser des branches de sapin pour me faire des repères...

Sous sa combinaison, il touche la forme dure où il a rangé son couteau suisse.

Il est bien là; cela le rassure.

Puis, dans une trouée dans les arbres, il aperçoit une petite lueur jaune. C'est sans aucun doute la lumière de la maison de Hervé! Enfin, son calvaire se termine. Il espère pouvoir être rentré avant le retour des autres et passer l'incident sous silence.

Pas question de perdre cette lumière de vue! Il ne veut prendre aucune chance et décide de tenter à nouveau un demi-tour dans la neige folle. Au pire, si la motoneige s'embourbe, il n'aura qu'à marcher vers la lumière.

Sa maîtrise du véhicule s'est grandement améliorée. Il n'hésite plus à donner juste assez de puissance pour passer dans la neige sans perdre son élan et revient adroitement sur ses pas.

Le petit carré de lumière est toujours là... Et tant pis si ce n'est pas chez Hervé, il y trouvera du secours.

Il s'est mis à neiger et le vent balaye la piste. Pas de panique, deux rangées d'arbres lui indiquent clairement le chemin.

Il parcourt une centaine de mètres sur un terrain très cahoteux. Sa monture force et grince et avance bien lentement; mais bientôt le chemin redevient plat et s'élargit. Il dérape même un peu. Un doute de plus l'assaille.

Où est-il?

Un craquement sourd lui répond. Il pose son pied dans la neige fraîche et gratte du pied: glace noire!

Il comprend aussitôt sa méprise. Ce qu'il croyait être un chemin bordé d'arbres est en fait le lit d'une rivière gelée. Tout va très vite dans sa tête: faut-il abandonner la motoneige? Mettre plein gaz et fermer les yeux?

Avant qu'il n'ait le temps de réagir, un deuxième craquement se fait entendre, plus long. Il reprend lentement position sur la motoneige en retenant son souffle, puis le siège se dérobe sous lui et il se retrouve dans le noir, mordu de toute part par un froid qui l'enserre comme un étau.

Il desserre les lèvres et sent une lame de froid lui entrer dans la bouche: il est sous l'eau, dans le noir le plus dense qui soit. Il se démène pour remonter à la surface, mais se bute à quelque chose de dur. Il est sous la glace, il va se noyer!

Il continue à lutter pour défoncer l'obstacle qui le sépare de l'air libre. Sa main heurte enfin quelque chose de tranchant... C'est le bord du trou dans la glace! Il s'y agrippe et tire de toutes ses forces. Il fait surface juste à temps, ses poumons allaient éclater.

Il tente de se hisser hors du trou, mais la glace cède à chaque fois que son corps trouve un appui hors de l'eau. Il ne sent plus ses pieds; il est à bout de force.

Déchirant l'air sec comme un coup de fouet, un jappement lugubre vient glacer un peu plus le sang dans les veines de Simon. Il se remet à racler la glace avec l'énergie du désespoir, mais perd plus de terrain qu'il n'en gagne... Si, par miracle, il parvenait à échapper à la morsure de la rivière, ce serait maintenant pour tomber dans la gueule du loup! Hervé a beau prétendre que les loups n'attaquent pas les humains, mais ceux à qui ce serait arrivé ne sont évidemment plus là pour en parler.

Au moins, se dit Simon, *moi je vais leur échapper!*

Simon avale sa salive avec résignation et serre très fort ses yeux. Un à un, ses doigts transis lâchent prise et son corps se met à glisser lentement, aspiré par la masse sombre et froide. Simon est conscient qu'il ne pourra pas refaire surface cette fois. C'est la fin.

Chapitre 7

La pire des attentes

Hervé est hors de lui. Suzie, assise sur une chaise de la cuisine, pleure à chaudes larmes en répétant «Je ne voulais pas», entre deux sanglots.

Hervé ne trouve plus de mots pour exprimer son angoisse et sa colère.

Max intervient sans ménagement.

- Inutile d'accabler la petite Suzie davantage. Nous sommes tous responsables de les avoir laissés seuls. Il faut continuer.

- C'est vous le chasseur, tranche Maude. Suzie a laissé Pollux s'échapper...

- J'pensais qu'il m'aiderait à retrouver Simon, répète Suzie en pleurant de plus belle.

- ... Il ne reste qu'à suivre ses traces dans la neige! poursuit Maude.

- La tempête a déjà effacé toutes les pistes, dit Hervé. On a déjà fait tous les sentiers autour de la maison. S'il est sorti du territoire, il faut organiser une battue. J'ai appelé la Sûreté, mais les secouristes ne seront pas là avant le jour.

- Tant pis, j'y retourne! tranche Max. Je n'abandonnerai pas Simon seul dans la nuit.

- Il peut être parti dans n'importe quelle direction, dit Hervé timidement.

- Tu dis toujours que tu connais le bois par coeur. Ce n'est plus le temps de raconter des histoires pour épater la galerie, dit Max en colère. D'après Suzie, Pollux s'est précipité vers le nord quand elle l'a lâché. J'irai donc vers le nord.

- Nous irons ensemble, insiste Hervé, avec ma tente. Toi, Suzie, je t'interdis de faire quoi que ce soit jusqu'à notre retour. Maude attendra la police avec toi pour leur donner le plus de détails possible... Saleté de saleté!

Max et Hervé préparent leur équipement à la hâte en silence. Ils ajustent leurs montres et se répartissent sommairement les secteurs de recherche. Puis, les deux hommes s'engouffrent dans la tempête de noir et de blanc, chacun sur sa motoneige...

***

Aux premières lueurs de l'aube, un hélicoptère de la police fonce en rase-mottes vers le flanc de montagne où habite Hervé. C'est logiquement de là que les recherches systématiques seront orchestrées. Chacun de leur côté, Max et son guide détournent la tête en direction du furieux claquement des rotors. Ils font aussitôt demi-tour et se croisent bientôt à la pointe sud du lac Tipani. Fourbus, fatigués et affamés, ils conviennent de revenir vers la maison pour aller aux nouvelles. Cela fait cinq heures qu'ils quadrillent en vain tout le secteur, au nord, au sud, à l'est et à l'ouest... Maintenant, ils auront de l'aide.

***

La tempête s'est essoufflée. À l'intérieur de la maison de Hervé, Suzie s'est enfin endormie et Maude fait part à son compagnon transi des démarches entreprises par l'équipe de sauvetage. Un club d'amateurs de motoneige s'est amené avec une douzaine de patrouilleurs pour aider le travail de la police. Tout le monde coopère car tous ont des fils et des filles à qui un tel incident pourrait arriver. Ils font chacun un petit geste d'encouragement avant de sortir. Max est touché par tant de sollicitude. Max s'allonge un instant sur le canapé pour avaler un sandwich; il avait l'intention de retourner dans la forêt aussitôt, mais, à bout de force, Max s'endort avant que sa tête ne prenne appui sur le dossier.

Maude s'approche pour le secouer, mais Hervé la retient.

- Laissez-le dormir, ça vaut mieux, souffle Max.

- Vous aussi vous devez dormir, Hervé, vous avez passé toute la nuit dans la tempête!

- Moi, c'est pas pareil, dit-il en refermant la visière de son casque.

Le coordonnateur des recherches met la main sur l'épaule de Hervé et lui fait faire un tour sur lui-même.

- Pas question, vous devez dormir. Nous risquons d'avoir besoin de remplaçants frais et dispos. Nous sommes suffisamment nombreux... pour le moment.

En effet, à l'extérieur, une véritable petite armée de motoneiges s'apprête à prendre d'assaut ce qui reste de la tempête. Suivant les indications de Suzie, il a été décidé de concentrer les recherches dans le secteur nord... L'ordre est donné et les secouristes bénévoles se séparent deux par deux, par précaution.

Le départ dans la neige folle soulève un grand voile blanc, mais Maude parvient bientôt à distinguer la silhouette obstinée de Hervé qui complète l'appoint en carburant de son propre engin. Elle s'élance vers la porte pour tenter de le retenir, mais la puissante motoneige démarre et disparaît comme un fantôme dans la direction opposée à celle du gros de la troupe.

***

Lorsque Max ouvre à nouveau les yeux, il y a beaucoup d'agitation à l'extérieur. Il a dormi à poings fermés pendant quatre heures.

- Que se passe-t-il? Pourquoi m'as-tu laissé dormir Maude? demande-t-il en grognant.

- Tu es épuisé, tu as deux doigts gelés et il y a toute une armée dans le bois à la recherche de Simon. Calme-toi! répond-elle d'une voix douce.

- Comment veux-tu que je sois calme alors que mon fils est perdu dans le bois et probablement...

Il se lève d'un bond, chancelle et tombe dans les bras de Maude.

- Tu vois, tu peux à peine tenir debout.

Le coordonnateur des recherches entre alors dans la maison.

- C'est vous le père? dit-il en se dirigeant vers Max. Agent Demers de la Sûreté du Québec.

- Vous avez retrouvé mon petit Simon? lance Max en tentant de maîtriser ses sanglots.

- Assoyez-vous, Monsieur, j'ai des nouvelles, mais j'ai peur qu'elles ne soient pas trop bonnes. L'hélicoptère a repéré un trou suspect dans la rivière Au Sable à six kilomètres d'ici. Cette rivière coupe un des chemins qui rejoint le circuit qu'aurait pu parcourir Simon. Ça ne veut rien dire de certain, les plongeurs sont en route... Mais il faut s'attendre au pire.

Max s'effondre, incapable de prononcer un mot. Sa mâchoire bouge, mais il n'en sort aucun son. Maude se serre contre lui et éclate en sanglots.

- Désolé, ajoute l'agent Demers, vaut mieux que vous attendiez ici. On continue les recherches ailleurs. On vous tient au courant dès qu'on apprend quelque chose.

Troublé, ne sachant qu'ajouter, le policier laisse Max et Maude à leur peine.

Au bout d'un moment, Max parvient à dire quelque chose.

‐ Où est Hervé?

‐ Ça fait un moment que personne ne l'a vu. Il est reparti sur sa motoneige, répond Maude d'une voix cassée.

‐ Dis-moi que ce n'est pas vrai...

‐ Faut pas perdre espoir, chuchote Maude.

Rien ne bouge dans la maison. Max et Maude demeurent serrés l'un contre l'autre dans une interminable attente. Max serre dans sa main le coquillage porte-bonheur que sa petite Julie lui a offert.

Du haut de l'escalier, Suzie a tout entendu sans dire un mot. La mort dans l'âme, elle reste immobile, les yeux dans le vide.

Au bout d'un très long moment, l'agent Demers revient à la maison avec un regard lourd de conséquences. Il se rapproche du père éploré et s'assoit à ses côtés. Il lui parle avec sa voix la plus douce.

- Monsieur Champagne, j'ai le regret de vous annoncer que les secouristes ont pu voir briller le feu arrière d'une motoneige au fond de la rivière. On ne peut pas encore affirmer que ce soit celle que votre fils conduisait, mais... le... heu, corps aura sans doute été emporté par le courant. En attendant les... les plongeurs, nous tentons l'impossible. Vous savez, il y a beaucoup d'autres motoneigistes dans le coin et...

Le policier aurait aimé leur donner ainsi un soupçon d'espoir, mais il n'y croit pas trop lui-même.

Max et Maude écoutent sans réagir. L'agent Demers met la main sur l'épaule de Max en geste de réconfort, hésite un peu et retourne à son triste travail.

Suzie regagne sa chambre en claquant la porte.

***

À quelques kilomètres plus au sud, sur un plateau élevé dominant la région, Hervé prend pleinement conscience de sa lâcheté. Des larmes de désespoir coulent sur ses pommettes et s'accumulent en gelant un peu plus bas, à l'emplanture d'une grosse barbe couverte de givre. Hervé a retiré son casque et regarde, incrédule, la fumée rouge de la fusée de localisation d'urgence qui redescend lentement. Il sait parfaitement ce que cela signifie. C'est comme si la vallée tout entière se maculait de sang.

Et tout est de sa faute.

Le coordonnateur des recherches a eu bien raison de se fier aux indications de Suzie; ce n'est jamais en amont qu'il faut chercher un enfant qui s'égare de nuit, mais au fond de la vallée. Même un débutant sait cela. Mais le désir de se cacher, d'être seul avec un profond sentiment de honte, l'aura aveuglé.

Hervé se retourne en hurlant de frustration et, tenant son casque par la courroie de fixation, il en donne un grand coup sur un cèdre couvert de neige. L'avalanche qui en résulte lui fait l'effet d'une douche froide. Hervé redémarre et fonce là où il aurait dû arriver le premier. Tout en bas, l'hélicoptère manoeuvre comme un vautour ayant repéré une carcasse.

Chapitre 8

La longue nuit

De son côté, hors du temps, Simon ouvre les yeux. Il pense, donc il n'est pas mort... Mais que fait-il ici? Où sont les autres?

Il fait chaud; plus chaud que dans la rivière et dans le froid. La rivière et l'affreux craquement, oui. Simon se rappelle alors qu'il est dans une cabane avec Pollux. La lumière de la lune entre par un coin de la petite fenêtre. Celle-là même qui l'a attiré ici. La vitre est presque recouverte par la neige, mais Simon peut voir le ciel étoilé dans les deux carreaux du haut.

Il se lève sur les coudes et regarde autour de lui. Pollux est couché tout contre lui. Les vêtements de Simon sont encore trempés, mais il n'a pas trop froid. Aucune buée ne sort de sa bouche. Il caresse Pollux affectueusement et se rapproche du poêle à bois qui dégage encore une bonne chaleur.

91

Bien sûr! S'il y avait de la lumière, c'est que quelqu'un était ici. Il y a peut-être même à manger.

Il se déshabille entièrement et met ses vêtements à sécher directement sur la fonte. Une grosse couverture en laine est posée en tas sur le lit de camp. Simon s'en sert en guise de robe de chambre et procède à l'inspection des lieux. À l'aide d'une allumette en bois oubliée dans un cendrier sur le cadre de la fenêtre, il allume une lampe à l'huile pour éclairer la pièce.

C'est une bien petite cabane. Un poêle à bois, quelques tablettes et un lit de camp. Personne n'habite ici en permanence. Il s'agit sans doute d'un de ces relais abandonnés par les bûcherons mais encore utilisé pendant la saison de chasse.

Pollux se réveille à son tour et, imitant Simon, se met à fouiner un peu partout. Sous une bâche goudronnée, le chien met la patte sur quelque chose d'intéressant. Il s'agit de ces petites boîtes en métal sans odeur et en forme de cylindre qui finissent magiquement par goûter bon. Il jappe de joie.

Simon se retourne.

- Bravo Pollux, tu as trouvé de quoi manger, dit-il en se rapprochant du chien qui remue la queue. Merde! s'exclame Simon, des fèves au lard. Quand ça va mal, ça va mal.

Pollux jappe d'impatience, tandis que Simon cherche un ouvre-boîte. Il n'y a ni ustensile ni outil dans la cabane.

Simon se trouve idiot et fouille dans son manteau pour y retrouver son fameux couteau suisse.

Il lui faut un moment pour comprendre le fonctionnement de l'ouvre-boîte, mais il finit par y arriver. Il verse la moitié du contenu de la conserve sur le plancher pour Pollux et entreprend de manger sa part avec les doigts. C'est alors qu'il remarque qu'ils sont d'une teinte très foncée et brûlants.

Il rassure Pollux en lui disant que si ses doigts lui font mal, c'est qu'ils ne sont pas encore morts.

Simon trouve ces fèves au lard exquises. C'est la première fois de sa vie qu'il comprend ce que signifie le mot faim. Et tout ce qui se mange devient bon quand on a faim. L'inventaire est de cinq boîtes de fèves au lard; aussi décide-t-il d'en ouvrir une autre pour ce premier repas.

Le ventre plein, l'espoir lui revient peu à peu. Il tente de s'organiser.

Simon n'a aucune idée de l'heure qu'il peut être, ni du temps qu'il a dormi depuis son arrivée.

Voilà que sa jambe se met à lui faire très mal, il n'arrive plus à mettre de poids dessus. Il ne se souvient pas avoir heurté quelque chose... Si, sur les rochers, en descendant la rivière. Il ne sentait pas ses jambes à ce moment-là.

Il arrache les planches des tablettes et se sert de l'une d'elles en guise de béquille afin de rapprocher tout ce qui peut brûler du poêle. Avec son couteau, il pourrait aussi couper des branches de sapin, mais la porte est coincée par l'accumulation de la neige.

Simon rapproche également le lit du poêle et fait une place à Pollux pour le reste de la nuit.

Il est fiévreux, il frissonne et se sent faible. Pollux demande la porte, il est trop bien élevé pour faire ses besoins à l'intérieur.

En secouant la porte puis en utilisant une des planches comme levier, Simon parvient à l'entrouvrir suffisamment pour que Pollux se glisse dehors.

Simon croit entendre un moteur au loin, mais ce dernier est vite enterré par le crépitement du bois qui brûle dans le poêle.

Simon a bien hâte de voir son chien revenir; il n'aime pas être seul.

Pourquoi prend-il tant de temps?

Il entend grogner au dehors. Il appelle Pollux de plus en plus fort, d'un ton fâché, jusqu'à ce qu'il entende gratter à la porte. Il ouvre cette dernière avec précaution; c'est bien Pollux.

- Tu m'as fait peur, Pollux. Pourquoi grognes-tu comme ça. C'est pas des blagues à faire.

Le chien semble nerveux, sur ses gardes, les poils de la nuque hérissés. Il grogne de nouveau.

- Qu'est-ce qu'il y a, Pollux? Calme, calme. Qu'est-ce qui te prend?

Un long hurlement lui donne la réponse.

Les loups!

Ils savent que Simon et Pollux sont là.

Hervé a dit qu'ils craignaient la présence de l'homme comme la peste... À part les mourants! Simon tend l'oreille et retient son souffle.

Les bruits se rapprochent; ils doivent sentir que Simon est blessé, vulnérable.

Pour rassurer Pollux, Simon ouvre la porte et crie:

- Nous ne sommes pas encore morts, méchants loups, et nous n'avons pas peur de vous.

Le grondement sinistre qui lui répond lui glace le sang dans les veines.

C'est tout près, à quelques mètres, avec une force qui semble faire vibrer la cabane. Simon referme aussitôt la porte et la cale avec la planche qui lui servait de béquille. Les deux amis se blottissent l'un contre l'autre.

Il entend des frottements, des grattements, des craquements et des grognements sourds. Pollux tremble autant que lui.

Simon a les paupières lourdes, mais chaque fois qu'il est sur le point de basculer dans le sommeil, il est réveillé en sursaut par de longs hurlements qui se répondent, au loin et tout près.

Les heures passent lentement.

Des bruits d'hélicoptère et de moteurs tout autour lui font ouvrir les yeux d'un seul coup. Les loups sont enfin partis et on doit être à sa recherche. Dehors, il fait plein jour.

La température a chuté à l'intérieur. Simon pense tout de suite faire un grand feu pour attirer l'attention. Il se lève péniblement, mais il est pris d'étourdissements et le plancher se dérobe sous ses pieds. Il s'écroule sur le côté avec une forte douleur à la jambe. Il parvient à se retourner pour ouvrir la porte du poêle dont le métal est à peine tiède. Le feu s'est presque éteint et il ne reste que deux morceaux de bois!

Ses vêtements sont suffisamment secs pour qu'il les remette, mais la combinaison devra rester encore longtemps près du feu avant de pouvoir servir.

Les moteurs s'éloignent...

Personne n'a pensé à venir voir dans la cabane. Personne ne l'aura aperçue, sous la neige.

– Pollux, il faut que tu ailles chercher de l'aide. Va chercher Max. Max! Où est Max, hein Pollux? Va chercher Max, mon chien.

Pollux fait un tour sur lui-même en inclinant la tête. Il cherche dans la pièce puis se dirige vers la porte. Il en gratte le bois en vain puis se retourne vers son jeune maître en poussant un gémissement anxieux.

Au prix d'un effort qui lui fait presque perdre connaissance, Simon se traîne jusqu'à la porte. Il noue son écharpe au cou de Pollux puis ouvre la porte pour le voir bondir dans la neige.

En refermant, il reste étendu sur le plancher, pleurant de douleur et de découragement.

Le vent couvre le bref signal d'alerte donné par un animal à l'affût. Ce dernier a vu Pollux sortir de la cabane et signale au reste de la meute qu'il faut le prendre en chasse.

Chapitre 9

Entre chien et loup

Suzie est rongée par les remords, elle voudrait disparaître sur-le-champ, tout effacer. Elle ne peut pas confronter Max et Maude, en bas, qui viennent d'apprendre la terrible nouvelle.

Aucune autre motoneige n'est portée disparue, cela ne peut être que la sienne.

Il faut qu'elle y aille pour en avoir le coeur net.

Elle n'ose pas aller chercher sa combinaison en bas. Tant pis, elle s'enroule dans plusieurs couvertures, ouvre la fenêtre de sa chambre et saute sans bruit dans la neige épaisse. Elle regrette un peu sa chaude combinaison, mais la tempête a laissé du temps plus doux.

Des hommes discutent près des voitures et le hangar est en retrait. Parfait. Elle s'y rend discrètement et tire la porte coulissante sans attirer l'attention. Ce n'est que lorsque qu'elle démarre le moteur que les visages se retournent. Trop tard, elle a déjà disparu à toute allure entre les arbres. Elle est sur son territoire et personne ne peut la rattraper.

Elle file à plus de soixante kilomètres à l'heure vers la rivière Au Sable. Elle sait exactement où s'est produit l'accident; c'est un endroit où elle a l'habitude de se baigner l'été.

Pour ne pas être repérée, elle fait un grand détour et arrive au sommet d'une falaise qui longe la rivière, juste au moment où le nez d'une carrosserie rouge trop familière émerge de l'eau.

Son coeur se serre à en faire mal: elle est responsable de la mort de Simon. On va certainement la mettre en prison. Tout le monde va la pointer du doigt.

Suzie la méchante. Suzie la meurtrière, dira-t-on sur son passage.

Elle reprend la direction de la maison en piquant à travers champs, insouciante au danger des barbelés sur les clôtures des fermiers.

C'est à ce moment-là qu'elle voit des loups, en plein jour. Hervé lui-même n'en a jamais vu d'aussi près. C'est un signe de malédiction. Elle fonce droit sur eux sans même penser à avoir peur.

Les loups forment un cercle, la danse des maudits. Leur chef est au centre et montre ses dents. La neige est rouge, le chef doit faire valoir ses droits sur une proie... Mais il n'y a pas de carcasse sur la neige et c'est plutôt la bête noire au centre qui saigne. Ce n'est qu'à ce moment qu'elle comprend sa méprise. Pollux, le pauvre chien est cerné de toute part. Les loups ont blessé le labrador.

- Pollux! Tiens bon mon grand, j'arrive!

Trop excitées par la mise à mort, les bêtes sauvages ont baissé la garde et n'entendent l'engin de Suzie qu'au dernier moment. Juste avant qu'une des énormes bêtes ne donne le coup de grâce à Pollux, Suzie la frappe de plein fouet. Le loup est soulevé et passe au-dessus de la tête de Suzie. Une de ses griffes lui arrache la tuque et lui entaille le cuir chevelu.

Suzie fait déraper sa moto et se retourne de cent

quatre-vingts degrés pour affronter la meute. Le loup qu'elle vient de heurter n'est pas mort, il est fou de rage.

Pourtant, les autres bêtes n'attaquent pas. Elles viennent de se faire voler une proie par plus fort qu'elles. La crainte de l'humain est plus grande que leur faim. Grognant de mécontentement, elles prennent la fuite les unes après les autres sauf celle qui s'est fait frapper. Elle est blessée à une patte, comme Pollux.

- C'est patte pour patte, mon gros! lance Suzie avec défi tout en faisant vrombir son moteur.

Le loup se sent acculé; il a peur, mais il ne peut fuir. Son seul choix est d'attaquer. La bête et la fille restent face à face un long moment. Suzie sait bien qu'elle n'est pas armée et qu'elle ne peut plus compter sur la surprise. Si elle fonce, l'animal a plus de chance de l'éviter.

Elle voit dans les yeux du loup qu'il calcule aussi ses chances.

Il se décide enfin en premier et bondit avant que Suzie n'ait le temps de réagir.

Un formidable bruit vient briser l'élan de la bête qui roule en boule aux pieds de Suzie, mort.

Le claquement venait de la droite et Suzie reconnaît sans peine la silhouette de la grosse motoneige de Hervé.

Ce dernier baisse sa carabine puis se rapproche à vive allure. Il lance à Suzie un regard tellement féroce qu'elle a peur. Pour se défendre, elle pointe Pollux du doigt.

- J'ai retrouvé Pollux!

Hervé ne répond pas. Il fonce vers elle, arrache la clé de la motoneige d'un geste brusque et la lance dans la neige. Il inspecte le crâne entaillé de Suzie et constate que la blessure est sans gravité. Il va ensuite vers le chien. Pollux est mal en point, mais il respire encore.

- Hervé! Le foulard! crie Suzie.

L'homme se retourne vers elle, furieux, question de lui faire comprendre qu'il ne veut pas qu'elle prononce un seul mot.

- C'est celui de Simon! Il est encore en vie! insiste-t-elle en pleurant.

L'expression de Hervé change aussitôt, tandis qu'il réalise que la petite a peut-être raison. Lui aussi a vu de loin la motoneige rouge remonter de l'eau noire. Lui aussi s'est senti amèrement coupable. Et quand il a aperçu Suzie prenant la fuite, il a vu rouge car elle avait désobéi. Elle vient d'échapper à la correction de sa vie.

Il y a maintenant une chance que Simon ne se soit pas noyé. Hervé regrette son accès de colère. Il ne peut retrouver la clé dans la neige. Il sort de son mutisme et parle d'une voix fatiguée et caverneuse.

- Prends ma moto et cours prévenir les autres... Par la piste petite démone. Cette fois, tu restes à la maison! Dis à Maude de désinfecter ta blessure... File!

Hervé charge doucement Pollux sur ses épaules et s'engage sur la piste.

***

Le long du chemin menant à la maison, Max est à bord de l'hélicoptère. À l'aide de la radio de bord, le pilote a pu établir une communication téléphonique avec Vancouver. On tente de rejoindre Mathilde pour lui communiquer l'horrible nouvelle.

Sous son casque, Suzie hurle, mais elle est enterrée par le moteur de sa motoneige et celui du vent. Elle fait de grands gestes et fonce droit sur l'appareil de recherche. Le pilote pousse un juron voyant cette motoneige sur le point de les percuter. Suzie attend le tout dernier moment pour freiner.

À cet instant, l'opératrice annonce à Max qu'il a la communication. Insensible à ce qui se passe autour, il commence par dire à Mathilde qu'il y a eu un accident. Il doit répéter car la communication est mauvaise.

Suzie ouvre la portière et bondit dans l'appareil avant qu'un policier ne puisse l'arrêter. Elle

arrache le casque de Max et crie à pleins
poumons:

- Il ne s'est pas noyé!

Dans la confusion, Max tente d'intégrer cette
nouvelle tout en faisant face à la panique de
Mathilde.

- Simon s'est perdu en forêt, crie Max dans le
micro, mais on me dit à l'instant qu'on l'a
retrouvé... Je ne sais pas, je ne sais rien... La
nièce du guide m'apprend qu'on sait où il est...
Il ne s'est pas noyé, Dieu soit loué... Mais non...
C'est un accident, je te dis... Bon.

Max retire complètement le casque de vol.

- Elle prend le premier avion, dit-il sans
s'adresser à personne.

Il saute dans la neige et entraîne Suzie en direction de la maison qu'on ne voit plus du tout en
raison du regain de la force du vent. Par précaution, le pilote arrime solidement les pales, son
hélicoptère étant devenu inutilisable par ce temps.

***

- Simon est vivant ? demande Max à Suzie en claquant la porte.

Maude et l'agent Demers les encerclent. Un secouriste se précipite et ouvre une trousse de premiers soins pour stériliser la coupure faite par le loup.

Suzie est à bout de souffle, mais tente de rassembler ses idées. Elle parle du foulard, puis de Pollux, puis des loups, puis de Hervé. Son récit est confus, mais personne ne l'interrompt. Elle finit par leur raconter tout ce qui s'est passé.

Personne ne sait dans quel état ni où se trouve Simon, mais une chose est maintenant presque sûre : il ne s'est pas noyé! Et puisqu'il portait une combinaison thermale de motoneige – avec deux chandails dessous, de préciser Suzie – il y a de l'espoir!

- Simon ne doit pas se trouver bien loin des lieux de l'accident. Il n'y a plus une minute à perdre, s'écrie Max en enfilant sa combinaison.

L'agent Demers s'interpose fermement en montrant le temps qu'il fait dehors.

- Écoutez, Monsieur Champagne, je suis parfaitement conscient de l'urgence de la situation... Mais nous avons déjà deux personnes portées disparues et je ne veux pas prendre le risque d'en perdre une autre. Et votre fils a certainement besoin de premiers soins. Nous devons préparer la sortie en équipe et rester en équipe.

Tout en parlant, l'agent Demers déroule sa carte topographique sur la table pour demander à Suzie de situer l'endroit précis où a eu lieu la rencontre avec les loups. Elle le fait sans hésitation. L'agent Demers remarque alors un petit carré noir imprimé, légèrement en aval du point rouge identifiant le lieu où la moto a été retrouvée dans la rivière.

- Et ce bâtiment, là, c'est quoi Suzie?

Le visage de Suzie s'éclaire.

- Mais oui, bien sûr! La cabane du vieux Georges!!!

Au même moment, le pilote de l'hélicoptère et un des secouristes bénévoles entrent se mettre à l'abri. La porte d'entrée est violemment rabattue contre le mur dans une rafale assourdissante. Un tourbillon de neige envahit la pièce.

- La tempête semble redoubler d'ardeur, déclare le pilote après avoir tiré sur la porte de toutes ses forces pour la refermer.

- Rien à faire, chef! Impossible de tenter une sortie. On ne voit pas à dix pas, ce serait beaucoup trop risqué, dit le secouriste en évitant le regard de Max.

- Il faut pourtant faire quelque chose, sanglote le père de Simon.

Mais Max est encore très faible, sa main pansée le fait souffrir. Au fond de lui, il sait que cet homme d'expérience a raison. Il se sent impuissant comme un animal en cage. Il se laisse lentement glisser par terre en pleurant. Maude se serre contre lui.

Chapitre 10

Le coureur des bois

Malgré le vent qui balaye furieusement la neige de tous les côtés, Hervé se fie à son instinct. Il vit dans le bois depuis plus de trente ans et a appris à voir ce que la plupart des humains ne savent pas voir. Son odorat n'est pas aussi développé que celui des habitants de la forêt, mais il sait être aussi malin qu'eux pour repérer une branche cassée, l'imperceptible sillon imprégné sous la nouvelle surface de neige par des pistes fraîchement recouvertes, les touffes de poils arrachées par les framboisiers... Hervé sait aussi qu'il y a des chemins que les animaux préfèrent à d'autres, à droite de cet arbre plutôt qu'à gauche; derrière ce talus, à l'abri... Il devine qu'il se dirige vers la cabane du vieux Georges. Il est maintenant convaincu que le jeune Simon s'y trouve. Mais dans quel état?

Il accélère le pas en oubliant le poids de Pollux qui lui déchire les épaules. Il y a longtemps qu'il n'a pas dormi non plus, mais il a l'habitude. Dans le bois, on dort quand on le peut.

***

Hervé ouvre la porte et reconnaît tout de suite la forme sombre sur le plancher. C'est bien Simon. Il est tout froid. Il ne bouge pas.

Hervé n'arrive pas à sentir son pouls.

Il pose doucement Pollux sur le lit puis entreprend de faire du feu. Sans hésiter, à l'aide de son gros couteau, il arrache des lattes du plancher. Peu de temps après, le petit poêle de bûcheron devient rouge incandescent. Il fait maintenant assez chaud pour déshabiller Simon et le placer contre Pollux. Il retire sa combinaison et se colle à son tour sur le jeune garçon en l'enveloppant comme il le peut. Le petit corps est toujours glacé, mais il a senti un souffle à peine perceptible.

L'hypothermie est grave et la jambe de Simon a un urgent besoin de soins; il y a un risque d'infection. Il ne peut toutefois pas le transporter ainsi, il faut lui redonner un peu de force. Il remarque alors un petit bout de papier serré dans le poing de Simon. Un emballage de barre de chocolat! Il le retire tout doucement et y remarque une phrase tracée d'une main fébrile dans l'aluminium.

Je t'aime Maman.

Le coeur de Hervé se serre et il se souvient de la gentillesse de sa propre mère. Pleurant à grands sanglots pour la première fois de sa vie d'adulte, il se met à frictionner avec énergie le corps inanimé de Simon; il se jure que ce petit va la revoir, sa mère!

Il est tout en sueur quand il l'entend tousser.

- Pouah! Ça sent mauvais! dit Simon.

- Tu pourrais être poli, garçon, dit gentiment Hervé. Je ne me suis peut-être pas lavé depuis deux jours, mais tu ne sens pas la rose non plus.

- Hervé! Je suis sauvé?

- T'es pas encore sorti du bois, mais il était temps qu'on arrive.

- Pollux!

Simon tend mollement la main pour caresser le chien, mais il touche quelque chose de poisseux. Il regarde ses doigts.

- Hervé... Pollux saigne!

Le chien émet un faible gémissement en tentant de tourner la tête.

- Ton chien est un vrai héros. Il a survécu aux loups et, sans lui, personne ne t'aurait jamais retrouvé... Sans cette peste de Suzie non plus, d'ailleurs, ajoute-t-il après un moment.

- J'ai mal, se plaint Simon.

- Tant mieux, c'est bon signe! Mais c'est pas beau à voir, ajoute Hervé en inspectant la jambe de Simon. Tout le monde croyait que la rivière t'avait emporté. Ils ont retrouvé ta moto...

Hervé avale péniblement sa salive.

- Tu reviens de loin, mon gars.

- Où est papa?

- Suzie est allée les prévenir, dit Hervé en jetant un regard inquiet à l'extérieur. Mais ça regarde mal... Ce n'est vraiment pas un temps à mettre un chevreuil dehors!

Hervé étouffe un juron, mais se fait rassurant.

- T'es chanceux d'être tombé sur la seule cabane de bûcheron de la rivière! Mais veux-tu bien me dire comment t'es arrivé jusqu'ici, avec une patte aussi mal amochée?

Simon ferme les yeux et frissonne en se remémorant les événements... Il se met à raconter son cauchemar à Hervé comme s'il revivait le tout une deuxième fois.

***

« Alors qu'il s'enfonce lentement dans une eau si froide qu'elle semble couper comme un couteau, son esprit trouve toujours un mince réconfort à l'idée d'échapper aux crocs des loups sous un épais bouclier de glace. La surface qui avale son corps par tranches est rendue juste sous ses épaules; il devrait basculer d'un seul coup maintenant. Puis, le souffle chaud d'une haleine fétide lui fait écarquiller les yeux d'horreur. À quelques centimètres de sa joue, une formidable gueule béante s'apprête à le happer! Il détourne instinctivement la tête pour se protéger, mais il est impitoyablement agrippé au-dessus de l'épaule. Cela ne fait pas mal, il ne sent plus rien. Le froid ou les loups, quelle différence? Ils ont bien le droit de manger eux aussi, n'est-ce pas Hervé? pense-t-il, par dérision.

Mais... les loups ne jappent pas! réalise subitement Simon.

- Pollux!

En effet, le fidèle animal a retrouvé sa trace et tente de l'arracher à une mort certaine.

Le jeune garçon rassemble ses énergies et attrape le collier de Pollux. La pauvre bête glisse à son tour sur la glace, mais Simon l'encourage à grands cris.

Sans lâcher sa prise sur la combinaison de l'enfant, Pollux arrive à se retourner de manière à racler la glace avec ses griffes.

D'un seul coup, Simon sort de l'eau comme un bouchon.

Pollux est inquiet pour son jeune maître, il le lèche et le renifle partout. Pour Simon, la sensation de froid n'est plus aussi oppressante mais tout aussi mordante.

Guidé par Pollux, Simon marche à quatre pattes jusqu'aux arbres en bordure de la rivière, une main solidement agrippée à une touffe de poils.

Il tremble de tout son corps, mais il a un peu moins froid. Il parvient à se relever et entreprend de descendre la rivière vers la lumière aperçue plus tôt. En bon éclaireur, le chien trouve les meilleurs passages. Simon trébuche à plusieurs reprises.

Où peut bien être cette fichue lumière?

Après avoir marché un temps qui lui semble interminable, le jeune miraculé recommence à douter de son sens de l'orientation. Il avait pourtant clairement souvenir qu'elle était là, en bas, tout proche. Il n'a plus la force de rebrousser chemin et Pollux persiste dans cette direction, pleurant tendrement pour l'encourager.

- Je n'en peux plus Pollux. Tu m'as sauvé la vie, mais tu ne peux plus rien faire pour moi maintenant, dit-il en se laissant tomber mollement sur le côté.

Pollux jappe son mécontentement et le saisit une fois de plus par le col pour le relever. La neige tombe abondamment et aveugle Simon.

Poussé par Pollux, Simon se relève et continue sa lutte, pas à pas.

Un grand mur noir se dresse soudainement devant lui, encore plus noir que tout ce qui l'entoure.

Il a la texture d'une planche de bois brut, rugueux et froid. Pollux jappe de plus belle.

Un filet de lune passant entre deux nuages se reflète juste au-dessus de lui; il voit une croix... Non, c'est une fenêtre!

Il y est arrivé. Il appelle au secours, mais seul le vent furieux lui répond.

Il progresse le long du mur à la recherche de la porte tout en donnant des coups sur les planches pour attirer l'attention.

Un des coups lui fait vraiment très mal. Il a heurté quelque chose. Il cherche prudemment des mains et trouve la clenche métallique d'une porte. Cette dernière ouvre brusquement et Simon tombe à l'intérieur d'une pièce. Pollux s'agite joyeusement autour de lui.

Dans un ultime effort, il referme la porte d'un coup de pied avant de s'évanouir. »

***

- Simon, Simon, réveille-toi! Reste avec moi, Simon.

Simon est tout pâle et inerte. Hervé, paniqué, lui donne de petites claques sur la joue.

- Hein? Quoi? Hervé?

- C'est fini, mon grand. Tout va bien, mais il ne faut pas que tu t'endormes. Pas maintenant. Il faut rentrer, d'une manière ou d'une autre, pas le choix. La tempête a pris son deuxième souffle et il fait maintenant nuit; ils ne viendront pas nous chercher avant l'aube...

- Mais je ne peux pas marcher Hervé, ça fait trop mal!

- Il va falloir être courageux. Je vais fabriquer un traîneau indien pour te ramener. Tu dois voir un médecin, conclut Hervé.

- On ne va pas abandonner Pollux ici ! s'inquiète Simon.

- Noooon, on ne va pas laisser Pollux ici, le rassure Hervé. Vous allez vous réchauffer mutuellement.

Hervé se glisse doucement hors du lit de camp pour ne pas faire souffrir inutilement Simon et recouvre les deux amis avec la couverture.

- J'ai trop chaud, proteste Simon.

- Ce n'est pas encore assez, répond Hervé en empilant tous les vêtements du jeune garçon sur la couverture.

- N'essaie pas de bouger, je vais faire aussi vite que je peux, le rassure Hervé.

Simon entend les coups de couteau au dehors et le bois des épinettes noires qui craquent. Au bout d'une demi-heure, Hervé revient à l'intérieur de la cabane surchauffée. Il est en sueur.

- C'est prêt ! annonce-t-il. Va falloir serrer les dents quand je vais te transporter.

Simon se laisse habiller par Hervé qui prend mille précautions autour de sa jambe.

- Ça va, dit Simon entre ses dents, je n'ai pas peur d'avoir mal. Je ne veux pas mourir ici, ajoute-t-il.

- Tu ne vas pas mourir ici, petit, crois-moi, tu ne vas pas mourir ici. Il faut manger un peu maintenant.

- Qu'est-ce qu'elle a ta jambe? demande Simon en regardant le harnais de métal.

- J'ai mis mon pied où je n'avais pas affaire, répond Hervé, mal à l'aise.

Simon regrette sa curiosité.

- C'est une vieille histoire bête, poursuit Hervé après une longue pause. Tu sais la peau de l'ours, celle clouée sur mon plafond? Eh bien c'est lui qui m'a fait comprendre le bon et le méchant.

Hervé ouvre les deux dernières boîtes de conserve en appréciant l'efficacité du couteau de Simon. Il tend une cuillerée de fèves au lard froides à Simon.

- Ça va aller, je n'ai plus faim, décline Simon.

- Mange! ordonne Hervé. Je lui avais tendu un piège, poursuit-il. Tu sais, un piège à ours comme une grosse mâchoire?

Hervé claque des dents pour illustrer ce qu'il dit, tout en mastiquant à l'unisson avec Simon.

- On avait le droit dans ce temps-là... La première fois, il a senti le piège et a réussi à le déclencher sans se blesser. Il a mangé l'appât et il a fait caca dessus. J'ai pris ça comme un défi alors que ça devait plutôt être pour se protéger.

Hervé place aussi un peu de nourriture sous le nez de Pollux qui mange par petites lampées. Il donne une autre grosse bouchée à Simon, tout en continuant son histoire.

- J'ai réinstallé le piège ailleurs sur son chemin, bien caché sous les feuilles. J'ai fait bien attention pour ne pas trop laisser d'odeur. Et là, je l'ai eu. Je n'ai pas été fier de moi bien longtemps. Quand je suis revenu, il se débattait comme un diable; il souffrait terriblement. J'aurais voulu le libérer, mais il était trop tard. Je l'ai tiré. Il est tombé comme une roche.

Il se tait le temps de donner d'autres bouchées à ses patients.

- Allez, allez... Il reste deux bouchées, insiste Hervé. Tu vas avoir besoin de toutes tes énergies.

- Mais ta jambe? demande à nouveau Simon.

- L'ours n'était pas mort. Quand j'ai ouvert le piège pour dégager sa patte, il a pris la mienne dans sa mâchoire et il l'a serrée jusqu'à ce qu'il soit au bout du rouleau.

Simon peut facilement s'imaginer la scène; il l'a imaginée plusieurs fois en entendant les loups hurler.

- Ça fait mal se faire mordre?

Hervé hoche la tête et agite la main de façon éloquente.

- Il y a quelque chose que je ne comprends pas, dit Simon après un moment de silence, toi et papa, vous dites tous les deux aimer les animaux, pourtant vous continuez à les chasser.

- Bien sûr... La chasse, c'est pas pareil. Je suis un animal, je veux manger un animal. Avec ma carabine, ils meurent d'un seul coup - pow! - sans avoir le temps de souffrir. Fini!

Il s'essuie les doigts sur sa camisole.

- On ne doit pas faire souffrir les animaux. Même tes loups d'hier ne sont pas méchants. Pas rassurants, les toutous, mais...

- ... Ils ont bien le droit de manger! complète Simon avec un sourire complice.

- T'as tout compris : la loi de l'équilibre!

Songeur, Hervé masse machinalement sa jambe handicapée.

- Mais cette fois-là, j'ai triché et j'ai payé pour. Je ne voulais pas sa viande à cet ours-là - ça a un goût bizarre puis c'est trop gras pour moi... Non, je voulais seulement un trophée de malheur. Je lui ai fait du mal uniquement pour me sentir plus fort. C'était moi le méchant.

- Mais l'ours t'a montré à ne plus être méchant, c'est ça? demande Simon après avoir avalé péniblement sa dernière bouchée.

- Mmm... acquiesce Hervé. L'inconscience, c'est bien plus méchant que la chasse.

- Penses-tu que les loups aiment tuer?

Hervé hausse les épaules.

- Les loups ne voient pas les choses comme nous; pour eux, la mort, c'est la vie, puis entre les deux, y a rien. Moi, j'adore la chasse avant et après, mais j'aime pas du tout le moment où on voit la vie partir.

Pollux tourne à ce moment les yeux vers Simon en poussant un petit gémissement, la tête à peine relevée. Simon lui caresse doucement l'oreille comme il aime tant le faire, et Pollux lui lèche le visage d'un mouvement lent et faible.

- Il va mourir, n'est-ce pas? demande doucement Simon.

- Ça, je ne peux pas te dire. Il a perdu beaucoup de sang...

- Tiens bon, Pollux. C'est à mon tour de te dire de ne pas abandonner. On va voir Max bientôt.

En entendant ce nom, le chien agite mollement sa queue.

- Bon, dit Hervé sur un ton qui signifie que la jasette est terminée, la combinaison maintenant, attention!

Après avoir bien habillé Simon, Hervé l'installe avec Pollux entre deux petites épinettes grossièrement arrondies à la base pour mieux glisser sur la neige. Hervé a solidement fixé son sac à dos au tiers supérieur des arbres de sorte que les jeunes troncs prennent appui sur ses épaules. Les branches ont été tissées soigneusement entre elles pour supporter le poids des passagers et empêcher la neige d'ajouter plus de charge à l'attelage de fortune.

Simon et Pollux se blottissent au centre, et Hervé les entoure solidement à l'aide de la couverture dans laquelle il a découpé deux bandes qui servent à retenir le tout en place.

Simon sent un élancement douloureux à chaque pas de Hervé, mais il retient ses plaintes.

Hervé marche à un rythme régulier. Malgré son handicap, il semble infatigable. Dans sa tête, Simon entend des *Aïe! Aïe! Aïe!* si bien qu'il se met à les compter pour se changer les idées.

Après plusieurs milliers de *Aïe!*, Hervé ralentit la cadence. Simon l'entend souffler péniblement.

- On peut s'arrêter pour que tu te reposes, suggère Simon qui aimerait bien se reposer aussi.

- Pas... question... faut... continuer... arrive... courage! halète Hervé entre deux pas.

Simon perd la notion du temps. Il rêve tout éveillé. Il se voit dans un manège à la Ronde et rit tout seul. Il est sur la banquette arrière d'un autobus scolaire, ballotté par les cahots d'une mauvaise route. Il constate qu'il n'y a pas de chauffeur, mais la torpeur qui l'enveloppe l'empêche de bouger. Tant pis, il s'endort à nouveau. Puis il croit être avec Mathilde et lui raconte sa mésaventure, précisant à quel point Pollux a été courageux. Il chante *À la claire fontaine...*

Chapitre 11

L'abominable homme-des-neiges

Ça fait maintenant quatre heures que Suzie est revenue.

Max va régulièrement à toutes les fenêtres en tentant de percer l'obscurité. Il a les yeux rouges et les traits tirés. Maude est sortie, comme toutes les demi-heures depuis qu'ils ont eu des nouvelles de Simon. Les secouristes qui sont restés sur place en profitent pour rattraper un peu de sommeil, afin d'être frais et dispos quand on aura besoin d'eux.

Maude suit le sentier qu'elle a tracé dans la neige au cours de la nuit. Elle n'a pratiquement pas fermé l'oeil depuis la disparition de Simon, mais l'attente est trop cruelle pour dormir. En allant ainsi jusqu'au bout du champ, elle a l'impression de se rendre utile, ne serait-ce que pour suivre l'évolution de la météo.

Comme toutes les autres fois, les arbres tournoient dans tous les sens comme des chevaux en pleine course. Mais en voilà un qui avance, et ce n'est certainement pas un arbre! Elle ne voit qu'une masse blanche qui se déplace lentement. Elle fait un pas dans sa direction puis se met à courir, submergée par une sorte d'exubérance. Serait-ce possible?

Il s'agit bien d'un homme. Il tire lourdement une montagne de neige derrière lui. Cela ne peut être qu'Hervé. Il chancelle sur ses jambes et l'air siffle entre ses lèvres. Son visage bleui est croûté de neige et de glace.

Elle arrive à sa hauteur et entreprend aussitôt de passer derrière lui pour l'aider à tirer. Elle tente bien de lui offrir d'aller chercher du renfort, mais l'homme, au lieu de répondre, transfère une bonne partie de la charge sur les petites épaules de Maude. Cela ralentit considérablement l'allure et Maude se demande comment il a pu arriver jusque-là.

Hervé continue à marcher mécaniquement.

Maude ne voit rien devant elle et le chemin menant à la maison lui semble interminable.

Enfin, la porte s'ouvre d'un seul coup.

Max, Suzie et les secouristes voient l'abominable homme-des-neiges entrer dans la pièce avec son cortège de glace.

Sous l'amoncellement de neige, Maude fait surface exténuée.

- Vite, dit-elle aux spectateurs médusés, Simon est là-dessous!

Ce nom déclenche une action frénétique pour dégager la neige et découvrir les corps de Simon — et de Pollux! — chaudement enveloppés dans la couverture de laine.

Le coordonnateur signale aussitôt à la radio qu'on a retrouvé le garçon vivant et qu'on a besoin d'un médecin.

Max se penche sur le visage de Simon tandis qu'il ouvre faiblement les yeux.

- Papa?

- Simon, mon petit Simon, c'est bien toi!, dit Max en contenant ses gestes. Tu vas bien?

Simon fait signe que oui de la tête.

Maude soulève doucement le corps mou de Pollux qui respire toujours, mais en râlant. Elle le porte près du feu et l'enveloppe d'une couverture. Le chat de Hervé vient le sentir et entreprend de lui lécher le poil affectueusement.

Les secouristes ne perdent pas de temps. Ils ont tôt fait de dégager Simon en coupant couverture et vêtements au ciseau.

Ils le placent sur un brancard et le recouvrent d'une couverture spéciale métallisée. L'un d'eux procède à un examen sommaire et fixe une attelle à sa jambe.

Quant à Hervé, une fois son harnais coupé, il continue son chemin directement vers la salle de bain en repoussant le secouriste qui veut l'examiner.

Il fait couler un bain d'eau chaude et se jette dedans tout habillé. Suzie court l'aider et le surveille.

- Il sait ce qu'il fait, explique-t-elle au secouriste. Il est tombé à l'eau, l'hiver dernier et il a fait pareil.

Maude reprend son souffle près du feu, Pollux sur ses genoux.

- Papa! répète la petite voix de Simon.

- Je suis là, mon grand, tout va bien aller maintenant.

- Pollux m'a sauvé, dit Simon, il faut qu'ils s'occupent de lui aussi.

Max lève la tête en direction de Maude, mais l'agent Demers se rapproche d'eux en faisant non de la tête. Il indique la crosse de son revolver d'un air triste signifiant qu'il va falloir achever la pauvre bête.

- Courage, Simon...

Max est troublé: son fils est si pâle.

- Pensez-vous qu'on puisse annoncer la nouvelle à sa mère? demande soudainement Max à l'agent Demers. Elle doit être sur le vol 416 en provenance de Vancouver ce matin.

- Ça devrait pouvoir s'arranger, répond l'homme en se dirigeant vers la radio portative.

Aux premières lueurs de l'aube, l'hélicoptère se pose doucement devant la maison de Hervé et deux femmes en sortent en courant. L'une d'elles est médecin et se précipite à l'intérieur de la maison pour examiner Simon et lui porter les premiers soins.

- Il est très faible, annonce-t-elle, mais c'est un garçon robuste. Il devrait s'en tirer.

Le pilote de l'hélicoptère vient aux nouvelles pour savoir s'il doit relancer la turbine de son appareil pour un «medevac»[1].

Le médecin confirme en plongeant l'aiguille d'une seringue dans une fiole scellée.

- Le temps de te faire une petite injection et on t'emmène à Mont-Laurier pour réparer ta

---

1. De l'anglais « MEDical EVACuation »; jargon de l'aviation pour désigner une évacuation par ambulance aérienne.

jambe, dit-elle à Simon en passant une ouate humide sur son bras. Tu as gagné un voyage en hélicoptère!

- Je te rejoins dans une heure ou deux, mon grand, ils vont bien prendre soin de toi, dit son père pour le rassurer.

- Vous allez examiner Pollux aussi, n'est-ce pas? demande Simon en implorant le docteur du regard.

- Je ne suis pas vétérinaire, mon grand. Je risque de lui faire plus de mal que de bien, répond-elle en donnant des ordres de la main aux brancardiers qui soulèvent Simon pour l'emmener vers l'hélicoptère.

- Attendez! ordonne soudain la voix grave de Hervé.

Le coureur des bois sort ruisselant de la salle de bain, vêtu seulement de son caleçon.

- J'ai promis au petit qu'on s'occuperait de son chien, ajoute-t-il en sortant dehors pratiquement nu.

Il court dans la neige en devançant l'équipe qui transporte Simon et interpelle le pilote qui prépare sa machine.

Les secouristes marchent d'un pas rapide et synchronisé vers l'hélicoptère. La discussion entre Hervé et le pilote semble animée et Hervé monte le ton. Simon n'entend que les derniers mots de Hervé.

- ... Tu m'en dois une... Tu vas l'emmener chez le vet!

Un des secouristes place une couverture sur les épaules de Hervé qui reste là, déterminé à ne pas laisser l'hélicoptère partir sans Pollux.

Le pilote consulte le médecin du regard alors que le groupe arrive à leur hauteur et cette dernière hausse les épaules en signe d'exaspération. Puis, la femme médecin ferme les yeux et fait un geste impatient.

-S'il faut vraiment que le chien soit à bord pour qu'on puisse décoller, qu'il monte vite! dit-elle.

Plus de temps à perdre.

Maude place doucement Pollux sur le siège du copilote laissé vacant et le rassure une dernière fois.

Hervé lance à Simon un regard triomphant en lui faisant un gros clin d'oeil complice. Simon tend la main et Hervé la saisit. La petite main place dans celle de l'homme un couteau rouge avec une croix blanche dessus. Hervé fait mine de refuser, mais la petite main insiste.

Le médecin ferme la porte de la cabine pour mettre un terme à cet échange.

Maude entraîne Hervé à l'intérieur. L'hélicoptère soulève un nuage de neige et s'envole.

***

Max descend la dernière valise en se hâtant tandis que Maude emballe deux sandwiches. Suzie apparaît alors derrière l'orignal, penaude.

- Max?

Max est tellement préoccupé qu'il n'entend pas cette si petite voix. Suzie pense qu'il ne veut plus lui adresser la parole, mais Maude met tendrement la main sur l'épaule de Max. Ce dernier la regarde, d'abord perplexe, puis se tourne dans la direction que lui indiquent les yeux attendris de Maude. Le menton de Suzie tremblote.

- Je... Je vous demande pardon.

Max sait exactement ce qu'elle ressent; lui-même se sent coupable. Il pose un genou à terre et ouvre les bras.

- C'est fini maintenant, Suzie, dit-il tandis qu'elle se jette au creux de son épaule. Il n'y a rien à pardonner, Suzie. Il va s'en sortir et personne ne t'en veut, ma chouette.

- Vous lui direz au revoir de ma part?

- Mais tu n'auras qu'à lui écrire! Je suis persuadé que cela lui ferait bien plaisir.

- Merci, merci beaucoup.

- Allez, au revoir!... Il ne faut pas les faire attendre.

Hervé est ressorti de son bain et a, cette fois, passé une épaisse robe de chambre. Il regarde la scène avec la gorge nouée.

Max se relève pour lui faire une longue accolade. Les deux hommes se regardent un moment, puis Max fait un geste qui signifie le départ. La voiture est vite chargée et disparaît d'un seul coup entre les sapins lourds de neige, comme si un rideau blanc était tombé derrière eux.

Chapitre 12

Les nouvelles amitiés

Sainte-Anne-des-Monts

17 avril

Cher Simon,

d2 en d4. Attention à ton fou!

Hervé et moi, c'est revenu presque comme avant, il m'a même sculpté une tête de loup en bois à l'aide de ton super canif. Il en est fier comme un coq.

Tu dis dans ta lettre que tu as hâte de revenir faire de la motoneige... Es-tu bien sûr que ta mère acceptera? Ha! Ha! Ha!

En tout cas, tu es toujours le bienvenu!

Hervé a commencé à empailler notre loup et ce sera sans doute prêt si tu viens nous voir cet été.

*C'est une bonne idée de jouer aux échecs par correspon-
dance même si je trouve ça un peu long...*

À la prochaine,

Suzie

Simon replie soigneusement la lettre de Suzie et la
dépose sur sa table.

Mathilde arrive avec un verre d'eau et des médica-
ments.

- Comment va mon beau convalescent?
demande-t-elle.

Simon sourit à sa mère.

- Suzie m'invite chez elle cet été, dit-il en
indiquant la lettre.

- On reparlera de ça plus tard... En attendant il
faut prendre ton médicament.

Elle tend le verre et les comprimés.

- Tu as de la visite, dit-elle avec le sourire.

Max entre dans la chambre les bras bien chargés.

- Pollux! s'écrie Simon en voyant son ami portant également un plâtre sur la patte droite.

- On a eu des nouvelles de Suzie, Pollux! Elle nous invite pendant les vacances d'été.

Pollux manifeste une telle joie de revoir Simon que Max manque de le faire tomber sur le lit. Simon se laisse joyeusement lécher le visage.

- Oui, mon chien, oui! dit Simon en le caressant. Tu as dû avoir peur de finir sur le mur de Hervé, toi... Bon chien, ça c'est du toutou.

Simon relève la tête vers son père.

- Tu sais, Papa, Hervé est en train d'empailler le loup. Il va être prêt quand on va y aller cet été!

- Cet été? s'étonne Max en regardant Mathilde.

- On verra, conclut Mathilde.

Fin

QUI EST JEAN BERGERON ?

 Né en avril 1958, Jean Bergeron est autant un aventurier qu'un écrivain. Après des études en sciences pures, il bifurque pour se consacrer à l'écriture, ce qui ne l'empêche pas d'entretenir une véritable passion pour le domaine scientifique... et les grands espaces!

Auteur et réalisateur aérien du premier film d'action Imax (Duel au canyon) puis, prochainement, d'un spectaculaire documentaire sur l'art et la science (Achever l'inachevable), il estimait cependant que la meilleure façon de partager ses multiples passions restait le roman jeunesse... Suite à ce premier roman de pure aventure, le prochain sera-t-il construit autour d'une intrigue scientifique ? Ce serait fort à parier.

Un peu plus
sur la motoneige...

Aujourd'hui, lors des grosses tempêtes de neige, il arrive parfois que des routes soient fermées temporairement, pendant un jour ou deux. Mais quand votre grand-père était jeune, plusieurs chemins pouvaient rester complètement fermés à la circulation pendant de longs mois.

À la campagne, des traîneaux tirés par les chevaux arrivaient tout de même à passer, mais de moins en moins de gens en possédaient... Le besoin d'un

véhicule rapide et mieux adapté à l'hiver québécois se faisait déjà donc grandement sentir, il y a presque cent ans.

On dit que la nécessité est la mère de l'invention ; et c'est précisément ce qui est arrivé. Le tout premier modèle d'autoneige, un véhicule propulsé par des chenilles plutôt que par des roues, a été mis au point par Joseph-Adalbert Landry et Antoine Morissette, à Mont-Joly, durant l'hiver 1919-20. Les deux pionniers s'inspiraient des chars d'assaut militaires mis au point lors de la Première Guerre mondiale qui venait à peine de prendre fin. Leur gros véhicule pouvait atteindre 50 Km/h !

Une dizaine d'années plus tard, un mécani-cien hors pair du nom de Joseph-Armand Bombardier entreprit de perfectionner le système pour fabriquer ses propres autoneiges. Son premier succès fut une espèce d'autobus à chenilles baptisée B-7 (pour Bombardier – 7 passagers). Les premiers intéressés furent surtout des médecins de famille, des vétérinaires, des ambulanciers et même quelques chauffeurs de taxi. Évidemment, les bûcherons apprirent vite à tirer parti de ces robustes véhicules des neiges...

Parallèlement, on s'était mis à réduire la taille des moteurs à essence, tout en améliorant leur fiabilité. Cela donna l'idée à Monsieur Bombardier d'inventer un véhicule à chenille autonome conçu pour une ou deux personnes. Un peu comme le lien qui existe entre une automobile et une motocyclette, l'autoneige passait alors à la motoneige.

Le principe est simple : un pignon (une roue avec des dents) imprime la force du moteur à une chenille souple qui mord dans la neige, la direction étant orientée par une paire de skis reliés au guidon. C'est ainsi que le très célèbre *Ski-doo* voit le jour et, du même souffle, une nouvelle industrie autour d'un tout nouveau sport d'hiver.

La première année, la petite usine créée par Bombardier à Valcourt ne produisit que 225 motoneiges... Le public québécois fut tout de suite gagné par la griserie de la vitesse du nouveau véhicule et la liberté qu'il procurait. Aujourd'hui, à l'aube du 50^c anniversaire de la première motoneige, quatre grands fabricants de motoneiges (Arctic Cat, Polaris, Yamaha et toujours Bombardier) produisent plus de 200 000 motoneiges par année. On compte plus de quatre millions d'adeptes, partout où il y a de la neige dans le monde. Au Canada seulement, plus de 700 000 motoneiges immatriculées parcourent 161 000 Km de sentiers balisés chaque hiver.

Les motoneiges actuelles sont moins bruyantes et encombrantes que les engins des années 60 ou 70. Aux mains d'un pilote de course expérimenté, sur une piste prévue à cet effet, certains modèles atteignent dangereusement les 200 Km/h ! Heureusement, la vitesse maximale de jour est fixée à 70 Km/h – ce qui est déjà très très vite !

SÉCURITÉ AVANT TOUT !

S'il est agréable de profiter des fabuleux paysages de l'hiver à motoneige, cette pratique comporte des risques évidents et il faut d'abord penser sécurité – tant au niveau de la conduite que des dangers du froid. Les mots clé : courtoisie, prudence et respect des consignes. Il ne faut jamais s'aventurer sur des terrains dangereux, et surtout, ne jamais conduire une un véhicule motorisé avec les facultés affaiblies.

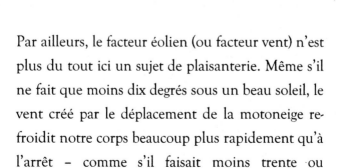

Par ailleurs, le facteur éolien (ou facteur vent) n'est plus du tout ici un sujet de plaisanterie. Même s'il ne fait que moins dix degrés sous un beau soleil, le vent créé par le déplacement de la motoneige refroidit notre corps beaucoup plus rapidement qu'à l'arrêt – comme s'il faisait moins trente ou quarante, selon la vitesse. Il est très important d'être habillé en conséquence... et de prévoir une trousse de survie, en cas de panne. Il faut également avoir toujours en tête le trajet de retour : une demi-heure à 30 ou 40 Km/h vous éloignera de 16 Km de votre point de départ !

Même lors d'une toute petite balade, toujours avertir quelqu'un du trajet prévu, toujours emprunter si possible les sentiers balisés et réduire encore plus la vitesse de nuit. Ne jamais partir seul, ne jamais s'engager sur un cours d'eau, quel qu'il soit, sans s'être d'abord renseigné sur les conditions de glace auprès du club de motoneige local officiel. L'avis d'un ami n'est pas toujours fiable et les pros se feront toujours un devoir de vous renseigner.

Finalement, tous les adeptes de la motoneige ne doivent jamais oublier qu'ils partagent la forêt avec ses habitants naturels. Un animal qui s'enfuit pour rien en hiver gaspille de précieuses ressources qui pourraient faire toute la différence pour lui entre la vie et la mort. Quand on profite de la nature, il ne faut jamais oublier la loi de l'équilibre !

La taxidermie
en quelques mots !

Puisque les anciens Égyptiens pensaient qu'il fallait préserver l'enveloppe corporelle des défunts pour leur donner un accès à la vie éternelle, on peut dire que, avec leurs momies, ce sont les pionniers de la taxidermie. En plus des personnes, des chats, des éperviers, des pigeons et même des crocodiles ont été momifiés ! Évidemment, on pouvait à peine deviner leurs formes sous un emmaillotage épais de bandelettes.

Ce qu'on appelle la taxidermie, c'est plutôt l'art de conserver un animal mort très longtemps en lui donnant les apparences de la vie...

La première partie du mot, *taxi*, voulait dire ordre ou arrangement en ancien grec. La deuxième partie est le mot *derme* dans épiderme, soit la peau. Le mot complet évoque ainsi l'idée de préparer une peau dans un but précis.

En plus de lutter contre la décomposition naturelle des tissus périssables, le taxidermiste doit en apprendre le plus possible sur le mode de vie des animaux qu'il entend préserver, à commencer par une observation soigneuse de leur comportement en milieu naturel.

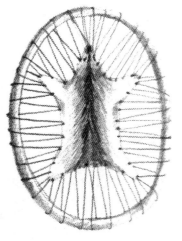

La première étape est de prélever délicatement la peau sans la déchirer tout en prévoyant des incisions discrètes là où les éventuelles coutures paraîtront le moins. C'est ensuite le tannage, où l'on cherche à débarrasser la peau de toutes traces de graisse ou de chair en la grattant puis en la nettoyant avec divers agents chimiques avant de la faire sécher. À cet effet, le savon d'arsenic ou la poudre de borax (un mélange naturel de deux bromures souvent laissé en dépôt sur les anciens lacs évaporés) sont encore souvent employés par les artisans. Sans tannage, la peau serait rapidement attaquée par des petits insectes, des bactéries ou des champignons microscopiques qui la feraient moisir en la digérant – odeur insupportable garantie en prime ! À la fin du processus de tannage, il ne doit rester que des os, des poils, des ongles et du collagène (la substance de la peau presque inerte qui donne sa solidité au cuir).

La prochaine étape consiste à remplacer le squelette et les tissus mous qu'il y avait sous la peau, dans une position aussi naturelle que possible. Autrefois, on bourrait la

peau cousue avec de la paille plus ou moins fine, et c'est pourquoi on appelle encore *empailleurs* les taxidermistes. Bien qu'on fasse souvent appel au bois et au métal, on utilise aujourd'hui surtout des moules préfabriqués en mousse de polystyrène. La peau traitée est ensuite enfilée comme un gant sur la forme, puis cousue le plus discrètement possible.

La finition se fait avec des accessoires en porcelaine ou en verre, pour imiter le brillant des yeux, ou en plastique pour la chair de langue, si on choisit d'obtenir un animal avec la gueule ouverte. Dans certains cas, on procède plutôt à un moulage de l'animal, notamment dans le cas des poissons, pour obtenir une forme fidèle en plastique souple qu'il ne reste qu'à colorer adroitement avant de l'exposer.

Certains pourront éprouver un malaise en présence d'un animal empaillé. On dira que c'est cruel ou de mauvais goût, mais cela nous permet tout de même de voir de près une forme qui se sauve généralement de nous à toutes jambes dans son milieu naturel. Et nous sommes tous de nature curieuse ! Après tout, que sa peau soit sur un mur ou digérée par des bactéries, cela ne change plus grand chose à la « vie » de l'animal à qui appartenait la peau.

La taxidermie a ainsi permis de préserver l'apparence des animaux les plus divers dans les 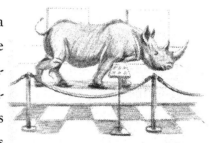 grands musées d'histoire naturelle à travers le monde. On peut encore voir des rhinocéros ou des éléphants qui ont été naturalisés voilà plus de 200 ans dans certains grands musées d'Europe. Les photos et les films, c'est bien... Mais rien ne remplacera le face à face. Aussi, à défaut de faire soi-même le tour du monde, la taxidermie permet d'apprécier l'incroyable variété des formes de vie en chair et en os, ou enfin, presque!

La taxidermie permet en effet de réunir en un même lieu une variété d'animaux qui peut aller bien au-delà de tout ce qu'un jardin zoologique pourrait jamais contenir. En dehors des musées, on trouve aussi le travail des taxidermistes chez des collectionneurs, des propriétaires voulant conserver la mémoire d'un animal de compagnie favori et, évidemment, des chasseurs qui affichent fièrement leurs trophées.

On associe parfois les taxidermistes aux naturalistes, puisque l'art d'immortaliser un animal a souvent eu une fonction très utile dans le monde de la science. En effet, les voyageurs-naturalistes comptent parmi les premiers vrais taxidermistes. Ils dépouillaient sur place les spécimens capturés, et ramenaient peaux et os dans des barriques d'alcool avant de leur redonner forme pour mieux les étudier. Les naturalistes se divisent en deux groupes : d'une part ceux qui font le travail plus scientifique, comme les zoologistes ou les botanistes, et d'autre ceux qui s'occupent plus de la préparation des spécimens comme les taxidermistes, les entomologistes (insectes) ou encore les ostéologues qui s'occupent des squelettes. On pourrait dire que ceux qui tentent de reconstituer les animaux qui existaient avant qu'il y ait des humains, comme les dinosaures, ont des qualités communes à ces deux groupes !

Un genre plus récent de taxidermie est sans doute celui qui permet aux experts du cinéma de faire vivre à l'écran des animaux qui ne pourraient côtoyer les acteurs en toute sécurité. Requins, épaulards, gorilles, crocodiles, ours ou pieuvres géantes, les mannequins ou robots recouverts pour imiter les animaux ont souvent servi à nous distraire ou à nous faire peur. Encore plus récemment, ces robots sont remplacés par des animations virtuelles en trois dimensions très convaincantes. Mais le but reste le même : donner les apparences de la vie.

La taxidermie est donc un art précis, scientifique et réaliste. L'animal doit paraître vivant et conserver toutes ses caractéristiques naturelles, dans le moindre détail. En somme, le taxidermiste exerce est un métier pointilleux au service de la science, de l'esthétisme et parfois, avouons-le, de la seule vanité humaine.

Terminons avec des jeux

La grille des loups

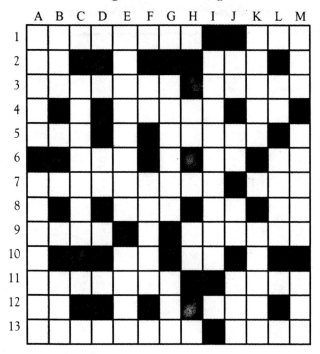

HORIZONTALEMENT

1. Station ou combinaison contre le froid (page 109).— Abréviation pour prolonger une énumération.

2. Article contracté.— Mot démonstratif.

3. Ensemble culturel ou poids supplémentaires en voyage (page 29).— Quand ça l'est, ça l'est! (page 9).

4. Plus petit morceau possible de ce livre.— Double voyelle.

5. Jus pour poissons (page 76).— Sont moins vrais en couleurs (page 57).

6. Opère une sélection ou encore milieu de intrigue.— Deux lettres de ruisseau formant un cours d'eau si petit que Simon serait passé dessus sans s'en rendre compte.— Mesure d'acidité de l'eau.

7. Sa chenille ne fait pas de papillon (page 8).— Celle de l'équilibre, par exemple (page 64).

8. Période où l'action du livre n'aurait pas pu avoir lieu.— Pronom à l'envers ou ancien do.

9. Délimite les scènes dans ce que lit Simon à la page 7 ou sert de rangement .— Forme un angle (page 19).

10. La moitié de ce que font Pollux, Simon et son père à la page 23 ou nombre grec. - Troisième personne.

11. Puisque Colomb a échoué en géographie, il y en a encore qui les appellent ainsi (page 33).— Ici ou là (page 110).

12. Signification d'un geste négatif de l'agent Demers à la page 135, mais uniquement si ce livre était traduit en anglais.— Dans la même traduction, Pollux en est un.

13. Très mal pris (page 56). - Autre nom pour chef, et il en sort soudain une du cadre à la page 28.

VERTICALEMENT

A. Surface utile (page 35). - Mécanique utile (page 138).

B. Passé simple 3e personne du verbe effectuant le contraire d'un encouragement lancé à Pollux à la page 118.—Simon, Max ou Mathilde ou encore Hervé.

C. Sont à peu près rondes, molles et on dit parfois qu'elles tombent comme des cordes (page 27).

D. Conjonction ou trésor, mais à l'envers.

E. Hebdomadaire (page 7). — Nous enveloppe complètement (page 33).

F. Conjonction.— C'est bien le mot éteint, mais pas complètement.

G. Également synonyme de issue (page 39). - Préfixe pour dire «sous», utilisé dans un mot de la page 132 dans le sens de dépassée ou noyée.

H. Pronom.— L'autre moitié du no. 10 et tout aussi grec.

I. Devient de la nourriture à la page 52, mais une décoration murale à la page 20.

J. Double voyelle.— Du verbe être.— Format Très Grand, pour une combinaison par exemple.— Grâce au nom de famille de Hervé (page 27) on décroche parfois le gros!

K. Sorte de fourreaux dans lesquels Hervé range certainement les siens puisqu'ils ne sont pas suisses (page 35).— Eau en poudre (page 11).

L. Éclat du mot rire.— Sport équestre ou aquatique impraticable l'hiver.

M. Peut faire partie d'un trousseau (page 15).— Ce qu'est Pollux (page 18).— Combien de barres de chocolat Simon avait-il sur lui?

La grille des louveteaux

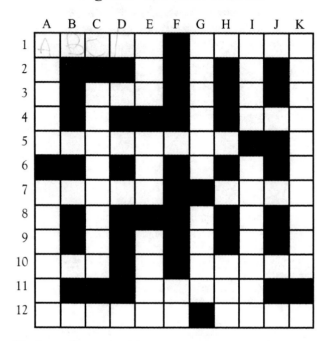

Horizontalement

1. Couleur de toute chose si on ferme toutes les lumières (p. 75).–
Petit flacon de verre commençant par la lettre « f » (p. 136).

2.

3. Règle obligatoire que l'on devrait toujours respecter (p.64).

4. Se retrouve sur la table ou fait fondre la glace.

5. Enlisé (p.56).

6.

7. Une forme d'eau que l'on peut casser (p.54).–Le contraire du
jour (p.45).

8.

9.

10. Qui n'est pas mou (p.73).–Qui sert à quelque chose (p. 131).

11. Arbre que l'on décore à Noël (p. 71).

12. Envie de vomir (p. 17).–Contraire de rapide (p.18).

168

Verticalement

A. Forme poudreuse de l'eau (p.11).—Sert à orienter certains véhicules comme un vélo, par exemple (p. 56).

B.

C. Race de chiens (p. 103).

D.

E. Les trois premières lettres d'une sorte d'arbre (p. 60).—Pas deux.—Endroit qui supporte, généralement en bas de quelque chose (p. 129).

F. Deux premières voyelles de l'alphabet.

G. Synonyme de fatigué et de usé, d'un vieux mot qui veut dire polir (p. 81).— Ancêtre commun de tous les chiens (mais il existe toujours!) (p. 31).

H. Les trois dernières lettres d'un mot utilisé pour désigner la hache, alors Simon trouve son maniement plus difficile que prévu (p. 60).

I. Plus rassurant en peluche qu'en vrai (p. 124).— Sorte de moteur largement utilisé en aviation, avec une seule pièce centrale qui tourne (p. 136).

J.

K. Veut littéralement dire : là ou ça commence à être planté... en parlant des poils d'une barbe par exemple (p. 88).

Tu trouveras la solution des jeux sur le site web de

Aigle moqueur éditeur

à

www.aiglemoqueur.com

Le rire du squelette de Réal-Gabriel Bujold

Nicolas Tremblay, maintenant au secondaire, s'adapte difficilement à sa nouvelle vie. Entre sa mère très occupée et sa soi-disant demi-soeur, son père décédé lui manque beaucoup. Seule consolation, la belle Stéphanie, élève de deuxième secondaire qui fait chavirer son coeur. Mais voilà, il y Francis Pouliot, le copain officiel de Stéphanie et le cauchemar de Nicolas. Il y a aussi l'accident de sa mère, le cavalier fantôme, les mensonges du Père Giffard et le rire du squelette qui le poursuit.

Comment Nicolas pourra-t-il faire la lumière sur cette étrange affaire ? Une enquête des plus captivantes l'emporte dans un monde parfois étrange, occasionnellement macabre et souvent drôle. Francis apprendra aussi que l'amitié peut se développer dans des circonstances insoupçonnées et avec des gens qui, à prime abord, nous rebutaient un peu.

Tu peux le commander directement chez l'éditeur avec le bon de commande de la page 173 ou le demander à ton libraire préféré.

Pour commander un livre chez **Aigle moqueur éditeur,**
complète ce bon de commande ou rends-toi sur le site
www.aiglemoqueur.com

Je veux commander

_____ exemplaires de *Glace noire* de Jean Bergeron

_____ exemplaires de ***Le rire du squelette*** de
Réal-Gabriel Bujold

au prix de **11,50$** chacun, plus taxe fédérale
pour un montant total de _____.

Mon chèque est inclus avec la commande.

Nom : _____
Adresse :_____
_____
Ville : _____
        Code postal : _____

Je veux recevoir l'information concernant les nouveautés à:

Courriel : _____

S.v.p. Établissez le chèque et postez la commande à

Les Éditions Tam-Tam
228, rue De la Lande, Rosemère, Québec J7A 4J1

450.965.6624

info@tam-tam.qc.ca   www.tam-tam.qc.ca

Achevé d'imprimer chez
Moore Canada
Un partenariat RR Donnelley
Services de communication d'affaires Logidec
395, avenue Sainte-Croix. bureau 100
Saint-Laurent, Québec H4N 2L3
Février 2006